名《めい》探《たん》偵《てい》 宵《よ》宮《みや》月《つき》乃《の》
5つの謎《なぞ》

関田　涙／作　間宮彩智／絵

講談社 青い鳥文庫

もくじ

＊）Case《ケース》1～5は、『名探偵《めいたんてい》 宵宮月乃《よみやつきの》 5つの事件《じけん》』を読《よ》んでね。

小学《しょうがく》5年生《ねんせい》の名《めい》コンビが、
謎《なぞ》解《と》きに挑戦《ちょうせん》！

宵宮月乃《よみやつきの》

日向《ひなた》の通《かよ》う、南風小学校《みなみかぜしょうがっこう》5年《ねん》3組《くみ》に転《てん》校《こう》してきた*）美少女《びしょうじょ》。心臓《しんぞう》が弱《よわ》くて運動《うんどう》が苦手《にがて》。将来《しょうらい》は、ミステリー作家《さっか》になるのが夢《ゆめ》。銀行員《ぎんこういん》の父親《ちちおや》と、母《はは》の3人暮《にんぐ》らし。高層《こうそう》マンション、ヘブンズゲートに住《す》んでいる。

朝丘日向《あさおかひなた》

空手《からて》が得意《とくい》な小学《しょうがく》5年生《ねんせい》。はやらない理髪店《りはつてん》をいとなむ父親《ちちおや》と、人気美《にんきび》容室《ようしつ》「イフタフヤーシムシム」を経《けい》営《えい》している母《はは》、勉強好《べんきょうず》きの小学《しょうがく》3年《ねん》生《せい》の弟《おとうと》、大地《だいち》と4人暮《にんぐ》らし。勉強《べんきょう》よりは、体《からだ》を動《うご》かすのが大好《だいす》き！

*）月乃《つきの》ちゃんが転校《てんこう》してきたお話《はなし》は、
『マジカルストーンを探《さが》せ！　月《つき》の降《ふ》る島《しま》』を読《よ》んでね。

プロローグ

「おーい。ひなちゃーん。」

どこかで、だれかが、私《わたし》を呼《よ》んでいる。

けれど、日曜日《にちようび》のお昼《ひる》どきの南風商店街《みなみかぜしょうてんがい》は人《ひと》どおりが多《おお》くて、声《こえ》のぬしはみつからない。

背《せ》のびをしたり、左右《さゆう》に移動《いどう》したりしながら、キョロキョロしてたら、みおぼえのある丸《まる》くて人《ひと》なつっこい顔《かお》が、こっちに向《む》かって歩《ある》いてきた。

「あら、健《けん》ちゃんじゃない。」

その人《ひと》は、松川健吾《まつかわけんご》といって、私《わたし》のいとこなの。新潟県出身《にいがたけんしゅっしん》で、いまは大学《だいがく》に通《かよ》うために東京《とうきょう》でひとり暮《ぐ》らしをしているのよ。

「あー、みつかって、よかった。おばさんにきいたら、もうすぐ空手教室《からてきょうしつ》から帰《かえ》ってくるはずだっていうから待《ま》ちぶせしてたんだよ。」

「来週《らいしゅう》、空手《からて》の大会《たいかい》があるの。で、午前中《ごぜんちゅう》は特別練習《とくべつれんしゅう》だったんだ。」

そう答《こた》えた私《わたし》の視界《しかい》に、なにやらあやしいものが入《はい》ってきた。

片目《かため》が完全《かんぜん》にかくれたゲゲゲの鬼太郎《きたろう》ヘア、バラのししゅうが入《はい》ったフリルシャツ、引《ひ》きずるくらいすそが開《ひら》いた真《ま》っ赤《か》なパンタロン、そしてロンドンブーツ……。

説明《せつめい》する私《わたし》のほうがはずかしくなるようなものが全部《ぜんぶ》、ひとりの人間《にんげん》にくっついてるのよ。

まるで四十年前《ねんまえ》にタイムスリップしたようなファッションだけど、健《けん》ちゃんのとなりに立《た》ってるってことは、知《し》りあいなのかしら？

宇宙人《うちゅうじん》に遭遇《そうぐう》するのと同《おな》じくらいのショックで、私《わたし》がくらくらしていると、さらに追《お》いうちをかけるように、その人《ひと》は、いきなり口《くち》を開《ひら》いた。

「ん？　このチンチクリンが例《れい》の小学生《しょうがくせい》かい？　知的《ちてき》とはほど遠《とお》い、どちらかというとサルに近《ちか》い顔《かお》をしているが……。」

「な、なんですか、失礼《しつれい》ね！　健《けん》ちゃん、この人《ひと》、いったいだれなのよ？」

「あ、えーと、同《おな》じ大学《だいがく》の村崎先輩《むらさきせんぱい》だよ。先輩《せんぱい》、彼女《かのじょ》は、ぼくのいとこで、朝丘日向《あさおかひなた》っていいます。」

あー、この人《ひと》がうわさの村崎先輩《むらさきせんぱい》かー。

健《けん》ちゃんは、大学《だいがく》で推理小説研究会《すいりしょうせつけんきゅうかい》に入《はい》ってるの。ほんとはミステリーなんかに興味《きょうみ》はないのに、好《す》きな女《おんな》の子《こ》がいるからって入部《にゅうぶ》したのよ。けど、その女《おんな》の子《こ》をねらってる人《ひと》がほかにもいて、それが村崎先輩《むらさきせんぱい》だった。つまり、ふたりは恋《こい》のライバルってわけよ。

「ふーん。ということは、例《れい》の小学生《しょうがくせい》は、この子《こ》の友《とも》だちか。それなら、まさにサルに毛《け》がはえた程度《ていど》だろう。ははははは。」

変《へん》なかっこうをしてるうえに、ムカつくやつ！

こんなのを相手《あいて》にしてるほど、私《わたし》はヒマじゃないわ。

「悪《わる》いけど、私《わたし》、おなかペコペコだから帰《かえ》りますね。」

「待《ま》ちたまえ。私《わたし》だって、君《きみ》なんかに用《よう》はないよ。私《わたし》が会《あ》いたいのは、名探偵気《めいたんていき》どりの少女《しょうじょ》さ。」

さっきから、「例《れい》の小学生《しょうがくせい》」とか「名探偵気《めいたんていき》どりの少女《しょうじょ》」とかいってるのは、たぶん私《わたし》の大親《だいしん》友《ゆう》、宵宮月乃《よみやつきの》ちゃんのことだ。

でも、どうして村崎《むらさき》さんが月乃《つきの》ちゃんのことを知《し》ってるんだろう？　と思《おも》ったら……。

「わが推理小説研究会《すいりしょうせつけんきゅうかい》の犯人《はんにん》あてイベントのことは、君《きみ》も知《し》ってるね？」

「あ、はい。健《けん》ちゃんからききましたけど……。」

健《けん》ちゃんが所属《しょぞく》してる推理小説研究会《すいりしょうせつけんきゅうかい》では、月《つき》に一回《かい》、部員《ぶいん》が書《か》いてきたミステリー小説《しょうせつ》の犯《はん》人《にん》を、ほかの部員《ぶいん》たちがあてる、っていうもよおしをしてるらしいの。

で、健《けん》ちゃんは、好《す》きな女《おんな》の子《こ》の前《まえ》でいいところをみせようとして、村崎《むらさき》さんの書《か》いたミステリーの謎《なぞ》が解《と》けたって宣言《せんげん》しちゃった。

でも、ほんとは正解《せいかい》なんてわかんなくて、こまってたんだ。

そしたら、月乃《つきの》ちゃんが、かんたんに真相《しんそう》をあばいちゃったってわけ。

というのも、月乃《つきの》ちゃんは、大人顔負《おとなかおま》けの知識《ちしき》と観察眼《かんさつがん》をもった名探偵《めいたんてい》だからなの。

事実《じじつ》、彼女《かのじょ》は、これまでいろいろな事件《じけん》を解決《かいけつ》してきたのよ。

「私《わたし》のだした問題《もんだい》に正解《せいかい》したのは、松川《まつかわ》ひとりだったんだ。これはおかしい、と思《おも》って問《と》いただしてみると、なんと小学生《しょうがくせい》の知恵《ちえ》を借《か》りたというじゃないか。」

「えーっ。健《けん》ちゃん、謎《なぞ》を解《と》いたのは月乃《つきの》ちゃんだってこと、バラしちゃったの？」

私《わたし》がたずねると、彼《かれ》はニコニコしながら、こう答《こた》えた。

「うん。いつもはまったくあたらないぼくが正解《せいかい》しちゃったから、不審《ふしん》に思《おも》われたんだよね。」

あーあ。健《けん》ちゃんの恋《こい》がうまくいくように月乃《つきの》ちゃんが答《こた》えを教《おし》えてくれたのに、あっさり自《じ》白《はく》しちゃうなんて、どこまでお人好《ひとよ》しなんだろう。

「私《わたし》は、漂流社《ひょうりゅうしゃ》ミステリー新人賞《しんじんしょう》で佳作《かさく》に選《えら》ばれたこともある。つまり、近《ちか》い将来《しょうらい》、ミステリー作家《さっか》としてはなばなしくデビューするのは、まちがいないのだ！」

と、突然《とつぜん》、村崎《むらさき》さんは、長《なが》い前髪《まえがみ》をかきあげながらさけんだ。

「その私《わたし》が創《つく》りだした謎《なぞ》が、まぐれとはいえ小学生《しょうがくせい》に解《と》かれてしまうなんてことは、絶対《ぜったい》にゆるせん。」

異様《いよう》なファッションのお兄《にい》さんが、身《み》ぶり手《て》ぶりをまじえて、大声《おおごえ》をあげてるから、商店街《しょうてんがい》を歩《ある》いている人《ひと》たちはイヤーな顔《かお》をして、足早《あしばや》にとおりすぎてゆく。

「あ、あの、早《はや》めに結論《けつろん》をお願《ねが》いします。それと、もうちょっと小《ちい》さな声《こえ》で話《はな》してくださいよ。」

「つまり、今日《きょう》は、その少女《しょうじょ》と対決《たいけつ》しにやってきたというわけだよ！」

あー、やっぱ、そういうノリですか。なんとなく、イヤな予感《よかん》はしてたんだけどね。

「月乃《つきの》ちゃんはいそがしいからなあ。あなたにつきあってるヒマなんてないと思《おも》うけど……。」

「あれ？ 宵宮《よみや》さん、『だれの、どんな挑戦《ちょうせん》でも受《う》けて立《た》つわ。』っていってたじゃないか。」

そういって無邪気《むじゃき》に笑《わら》う健《けん》ちゃん。まったく、あんたはどっちの味方《みかた》なのよ！

実際《じっさい》、月乃《つきの》ちゃんって、ほんと謎《なぞ》が大好《だいす》きだし、負《ま》けず嫌《ぎら》いなところがあるから、ミステリーで挑戦《ちょうせん》なんかされちゃったら絶対断《ぜったいことわ》らないと思《おも》う。

それはいいんだけど、この勘《かん》ちがいキザ男《おとこ》と勝負《しょうぶ》っていうのが、友《とも》だちの私《わたし》としては生理的《せいりてき》にイヤっていうか……。

「先輩《せんぱい》。対決《たいけつ》っていっても、なにをするつもりなんですか？」

「前回《ぜんかい》は、私《わたし》の創《つく》った謎《なぞ》を、その子《こ》が解《と》いたわけだからね。今度《こんど》は、その逆《ぎゃく》さ。」

「なるほど。宵宮《よみや》さんが謎《なぞ》を考《かんが》え、村崎先輩《むらさきせんぱい》が解《と》く、ってわけですね。」

健《けん》ちゃんと村崎《むらさき》さんは、私《わたし》を無視《むし》して勝手《かって》に盛《も》りあがってる。

「あのさ、月乃《つきの》ちゃんもミステリー小説《しょうせつ》を書《か》いてるけど、自分《じぶん》で納得《なっとく》できるものができるまでは、だれにもみせないのよ。私《わたし》だって、まだ読《よ》ませてもらってないんだもん。」

「え、そうなの？　せっかく横浜《よこはま》まできたのに、残念《ざんねん》だなあ。」

と、がっくり肩《かた》を落《お》とす健《けん》ちゃん。

ちっちゃい子《こ》みたいに反応《はんのう》がストレートだから、私《わたし》は、ついかわいそうになって、こんなことをいっちゃったの。

「月乃《つきの》ちゃんの小説《しょうせつ》は無理《むり》だけど、現実《げんじつ》の事件《じけん》だったら、話《はな》してあげてもいいわよ。」

「んー。それなら、この前《まえ》、きいたし、村崎先輩《むらさきせんぱい》にも伝《つた》えちゃったよ。」

「たしかに私《わたし》は、健《けん》ちゃんに五つの事件《じけん》を紹介《しょうかい》してあげたわ。でもね、名探偵月乃《めいたんていつきの》ちゃんがかかわった謎《なぞ》は、あれだけじゃないのよ。」

私《わたし》が、胸《むね》の前《まえ》で腕《うで》を組《く》んでいばったとたん、村崎《むらさき》さんが食《く》いついてきた。

「よし。それなら、その謎《なぞ》を私《わたし》が解《と》こうじゃないか！」

あ、しまった。つい、乗《の》せられちゃったよ……。

いまさらイヤとはいえないし、しようがないわ。とにかく月乃《つきの》ちゃんにきてもらおう。

というわけで、私《わたし》が携帯電話《けいたいでんわ》で月乃《つきの》ちゃんに連絡《れんらく》をすると、彼女《かのじょ》はいま、駅前《えきまえ》の本屋《ほんや》さんにいるってことがわかった。

で、一時間後《じかんご》に公園《こうえん》で待《ま》ちあわせることにしたの。

「ところで、私《わたし》も新《あら》たな問題《もんだい》を用意《ようい》してきたのだ。その子《こ》には、これにも挑戦《ちょうせん》してもらいたい。」

といって村崎《むらさき》さんは、プリントアウトされた原稿《げんこう》を私《わたし》にさしだす。

枚数《まいすう》は、たった四枚《まい》だから、ショートショートみたい。

「これは倒叙《とうじょ》ミステリーといって、犯人《はんにん》が最初《さいしょ》からわかっているのだよ。」

「そんなの、おもしろくないじゃない。」

「いやいや。倒叙《とうじょ》ミステリーとは、犯人《はんにん》がどんなトリックを使《つか》ったのか、あるいは探偵《たんてい》がどのようにして謎《なぞ》を解《と》くのか、を推理《すいり》して楽《たの》しむものなのさ。」

ふーん。よくわかんないけど、月乃《つきの》ちゃんなら、どんな謎《なぞ》でもサッと解《と》いてくれちゃうでしょ。

「それより、早《はや》く公園《こうえん》にいきましょう。そこで、名探偵月乃《めいたんていつきの》ちゃんの事件簿《じけんぼ》パート2《ツー》を話《はな》してあげるわ。なかには、月乃《つきの》ちゃん自身《じしん》が創《つく》った謎《なぞ》もあるから、よーくきいて、推理《すいり》してよね。」

〈村崎《むらさき》さんが書《か》いたミステリー〉

こんなところで、あの男《おとこ》と再会《さいかい》するとは思《おも》ってもいませんでした。

ナースセンターの入院患者名簿《にゅういんかんじゃめいぼ》で、偶然《ぐうぜん》、あの男《おとこ》、原田敏彦《はらだとしひこ》の名前《なまえ》をみつけたときは、体《からだ》から血《ち》の気《け》が引《ひ》いてゆくのが自分《じぶん》でもわかりました。

「池端《いけはた》さん。どうしたの？　顔色《かおいろ》が真《ま》っ青《さお》よ。」

同僚《どうりょう》の看護師《かんごし》が心配《しんぱい》そうにたずねます。

「いえ、なんでもないんです。ちょっと貧血《ひんけつ》ぎみで……。」

「そう。ここのところ夜勤《やきん》が続《つづ》いたものね。今日《きょう》は、早《はや》く帰《かえ》ったほうがいいわ。」

「それより、この原田《はらだ》さんって人《ひと》は？」

「昨日《きのう》、肺炎《はいえん》で、３０４号室《ごうしつ》に入院《にゅういん》した人《ひと》よ。なんでも建設会社《けんせつがいしゃ》の社長《しゃちょう》さんらしいわ。」


五年前《ねんまえ》、私《わたし》のパパが、原田《はらだ》に殺《ころ》されました。

といっても、原田《はらだ》が直接手《ちょくせつて》をくだしたわけではありません。日本《にっぽん》の法律《ほうりつ》ではさばけないようなやりかたで、パパを死《し》に追《お》いやったのです。

それから、まもなくママも他界《たかい》し、私《わたし》は文字《もじ》どおりひとりぼっちになりました。

もちろん、原田《はらだ》に深《ふか》いうらみを抱《いだ》きました。けれど、当時《とうじ》、学生《がくせい》だった私《わたし》が、地元《じもと》で最大手《さいおおて》のゼネコン社長《しゃちょう》で、社会的地位《しゃかいてきちい》も財力《ざいりょく》もある原田《はらだ》に立《た》ちむかえるはずはありませんでした。

やがて、私《わたし》は結婚《けっこん》をし、姓《せい》も池端《いけはた》に変《か》わりました。三年前《ねんまえ》からは、看護師《かんごし》として、ここＫ病院《ケーびょういん》に勤《つと》めています。

それにしても、原田《はらだ》をうらむ気持《きも》ちがようやく薄《うす》れてきたいまになって、復讐《ふくしゅう》のチャンスがめぐってくるなんて、なんという皮肉《ひにく》なのでしょう。

私《わたし》はさっそく、原田殺害計画《はらださつがいけいかく》をねりました。

A病棟《エーびょうとう》三階《がい》には大部屋《おおべや》が六室《しつ》に、個室《こしつ》が四室《しつ》あります。

原田《はらだ》がいるのは３０４号室《ごうしつ》の個室《こしつ》で、位置《いち》はナースセンターのすぐとなり、談話室《だんわしつ》の目《め》の前《まえ》です。

ナースセンターにも談話室《だんわしつ》にもたいていは人《ひと》がいましたから、深夜《しんや》でもなければ、３０４号《ごう》室《しつ》にこっそりしのびこむことはできないでしょう。しかし、夜間《やかん》では逆《ぎゃく》に容疑者《ようぎしゃ》がしぼられてしまうため、殺害《さつがい》を実行《じっこう》するなら昼間《ひるま》しかない、と私《わたし》は考《かんが》えました。

とはいえ、どうやって原田《はらだ》の病室《びょうしつ》に入《はい》ればよいのでしょうか。

部屋《へや》には腰窓《こしまど》がありますが、三階《がい》なので、外部《がいぶ》から侵入《しんにゅう》するわけにはいきません。

また、各部屋《かくへや》やトイレの腰窓《こしまど》の外《そと》にはひさしがあるものの、幅《はば》は二十センチほどなので、軽《かる》業師《わざし》でもなければ長《なが》い距離《きょり》を渡《わた》りあるくことはむずかしいでしょう。ちなみに、現在《げんざい》、A病棟《エーびょうとう》三階《がい》に空室《くうしつ》はなく、だれにもみつからず病室《びょうしつ》の窓《まど》からひさしにおりることはできません。

四階《かい》や二階《かい》から３０４号室《ごうしつ》へおりたり、のぼったりする方法《ほうほう》も考《かんが》えてみましたが、四階《かい》も二階《かい》もあいている部屋《へや》はありませんでした。しかも、K病院《ケーびょういん》は軒丈《のきたけ》が高《たか》く、運動神経《うんどうしんけい》のにぶい私《わたし》

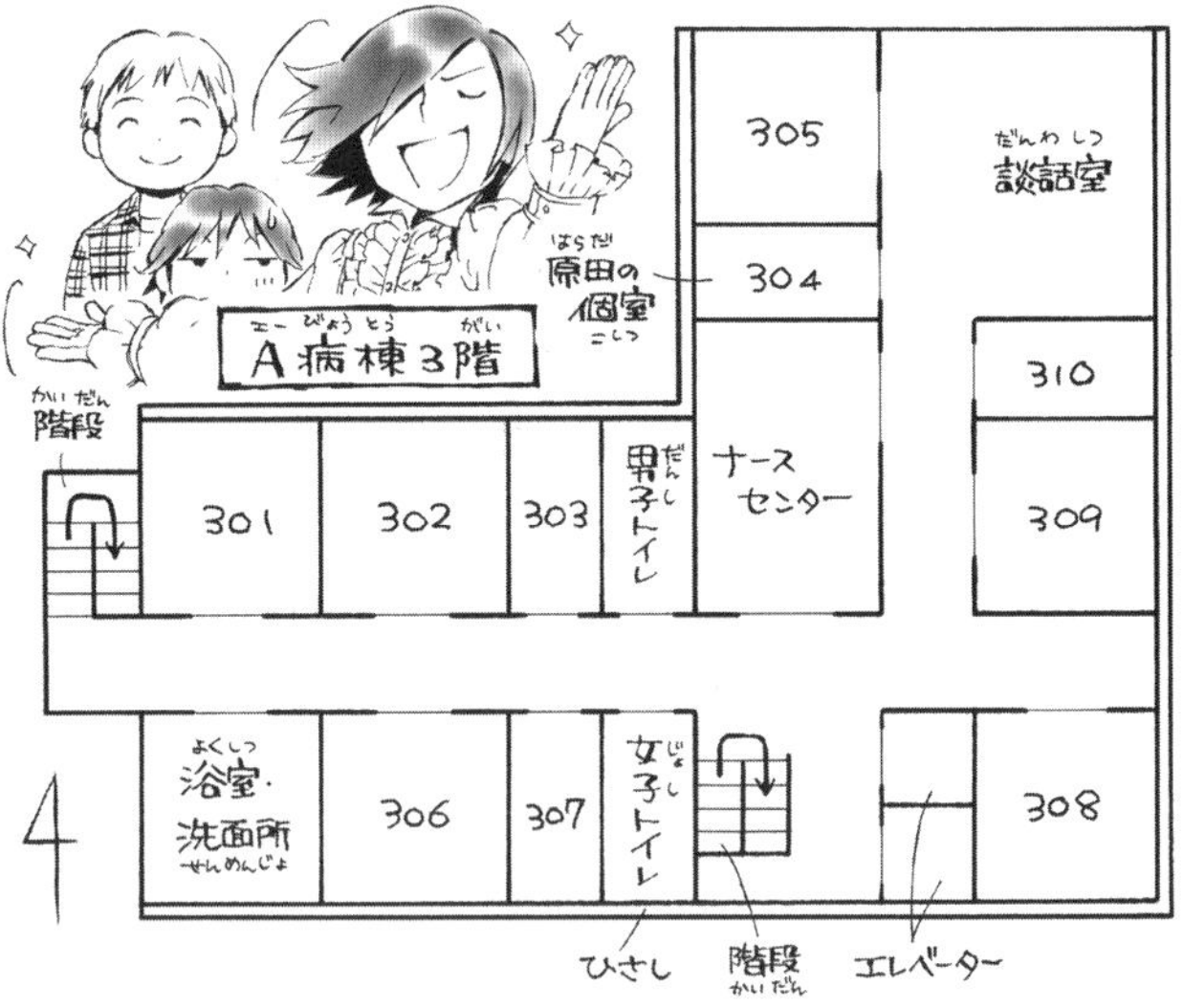

では、べつの階《かい》から侵入《しんにゅう》することなどとても無理《むり》です。

けれども、数日後《すうじつご》、私《わたし》は、見事《みごと》に復讐《ふくしゅう》を成《せい》功《こう》させました。

だれにも気《き》づかれることなく、ベッドに横《よこ》たわる原田《はらだ》に薬物《やくぶつ》を注射《ちゅうしゃ》し、死《し》に至《いた》らしめることができたのです。

このとき、談話室《だんわしつ》には将棋《しょうぎ》をさしている患《かん》者《じゃ》さんがいました。彼《かれ》らは、原田《はらだ》が自動販売《じどうはんばい》機《き》で飲《の》みものを買《か》い、自室《じしつ》にもどったあと、回診《かいしん》の医師《いし》が死体《したい》を発見《はっけん》するまで、３０４号《ごう》室《しつ》にはだれひとり出入《でい》りしていないことを証《しょう》言《げん》してくれました。

もちろん、私《わたし》のアリバイは完璧《かんぺき》です。

犯行《はんこう》の直後《ちょくご》、私《わたし》は、トイレで同僚《どうりょう》の看護師《かんごし》とこんな会話《かいわ》をしていたのです。

「あ、池端《いけはた》さん。３０７号室《ごうしつ》の患者《かんじゃ》さんの様子《ようす》はどう？」

「だいぶ落《お》ちついたようです。いま、眠《ねむ》っていらっしゃいます。」

「そう。それはよかった。」

さて、私《わたし》は、人《ひと》のたくさんいる日中《にっちゅう》、どうやって３０４号室《ごうしつ》に侵入《しんにゅう》したのでしょうか。

それを考《かんが》えていただきたいと思《おも》います。

Case《ケース》 6

おとめ座《ざ》のイタズラ

1　絵《え》のモデルは、すみれさん

今日《きょう》から待《ま》ちに待《ま》ったゴールデンウイーク。

授業《じゅぎょう》がないっていうのは、ほんとにしあわせなんだけど、うちはお母《かあ》さんが美容室《びようしつ》を、お父《とう》さんが理髪店《りはつてん》をしているから、休《やす》みといっても旅行《りょこう》とかには、めったにいけないの。

というわけで、とくに用事《ようじ》がない今日《きょう》は、お母《かあ》さんの美容室《びようしつ》「イフタフヤーシムシム」、略《りゃく》してシムシムに遊《あそ》びにいった。

シムシムは、まるでファンシーショップみたいにカラフルでかわいいお店《みせ》。なのに、女《おんな》の子《こ》だけじゃなくて、年配《ねんぱい》の女性《じょせい》や男性《だんせい》のお客《きゃく》さんも多《おお》くて、とても繁盛《はんじょう》してる。

人気《にんき》の理由《りゆう》は、お母《かあ》さんと、ふたりの美容師《びようし》さんの腕《うで》とセンス、そして人柄《ひとがら》のせいだと思《おも》うの。お母《かあ》さんは、私《わたし》には怖《こわ》いけど、お客《きゃく》さんには好《す》かれてるし、美容師《びようし》さんたちも、ほんといい人《ひと》だもん。

美容師《びようし》さんのひとりは、夏野《なつの》カンナさんっていって、一年中《ねんじゅう》カラッと晴《は》れてる明《あか》るいお姉《ねえ》さん。

気《き》さくで話題《わだい》が豊富《ほうふ》だから、小学生《しょうがくせい》からおばさんまで、だれとでも話《はなし》があうんだよ。

もうひとりは、春田《はるた》すみれさん。

彼女《かのじょ》は、背《せ》がちっちゃくて、いつもフリフリの洋服《ようふく》を着《き》て、子《こ》どもみたいな人《ひと》なんだ。色白《いろじろ》で、ちょっとぽっちゃりしてて、のーんびりしゃべるところが愛《あい》らしいって評判《ひょうばん》で、男性客《だんせいきゃく》にファンが多《おお》い。

ふたりは性格《せいかく》が全然《ぜんぜん》ちがうけど、同《おな》じ二十五歳《さい》で、とっても仲《なか》がいいの。


「こんにちはー。」

「イエーイ、ひなちゃん。」

大声《おおごえ》であいさつをしながらシムシムに入《はい》ると、近《ちか》くにいたカンナさんがハイタッチを求《もと》めてくる。彼女《かのじょ》は、いつもこういうノリなんだよね。

「いいところにきたねえ。今日《きょう》は、大《だい》ニュースがあるんだよ。」

「大《だい》ニュース？」

「うん。くわしくは、すみれが、話《はな》してくれるよ。」

「イヤですわ、カンナさんたら。」

と、なぜか、すみれさんは真《ま》っ白《しろ》いほおを赤《あか》くそめて、私《わたし》から目《め》をそらした。

あれ？　なんか、いつもと様子《ようす》がちがうわ。

「すみれがしゃべんないなら、私《わたし》が教《おし》えてあげよっか。」

カンナさんは笑《わら》いながら、私《わたし》の肩《かた》を軽《かる》く押《お》してソファまで連《つ》れてゆく。

いまは、たまたまお客《きゃく》さんがいないし、おっかないお母《かあ》さんも留守《るす》だったから、私《わたし》たちはそこに座《すわ》って、おしゃべりすることにした。

「すみれの家《いえ》の近所《きんじょ》に、鷹野緑青《たかのろくしょう》っていう芸術家《げいじゅつか》が住《す》んでいるんだって。彫刻《ちょうこく》や絵画《かいが》を制作《せいさく》している人《ひと》らしいよ。」

カンナさんの話《はなし》は、そんなふうにはじまった。

「すみれさんの家《いえ》って、鎌倉《かまくら》だよね。」

「ええ。おはずかしいのですが、ほんとに山《やま》のなかですの。あたりは、まだ自然《しぜん》がたくさん残《のこ》っていまして、ときどき野生《やせい》のリスやタヌキをみかけますわ。」

鷹野《たかの》さんは、昔《むかし》から近所《きんじょ》に住《す》んでたわけじゃなくて、そういう環境《かんきょう》が気《き》に入《い》って三年《ねん》くらい前《まえ》に引《ひ》っ越《こ》してきたんだって。

芸術家《げいじゅつか》だけあって、ちょっと変《か》わった人《ひと》だから、すみれさんの家族《かぞく》とは親《した》しくしてるわけじゃないけど、会《あ》えばあいさつくらいはするみたい。

「それで、今朝《けさ》、鷹野《たかの》さんが家《いえ》にたずねてきて、絵《え》のモデルをしてほしい、とおっしゃいましたの。」

「鷹野《たかの》さんって、けっこう有名《ゆうめい》なアーチストなんだってさ。そのモデルになれるなんて光栄《こうえい》だよねー。」

「すみれさんは、かわいいもん。画家《がか》じゃなくても、モデルにしたくなるよ。」

「それなのに、本人《ほんにん》は乗《の》り気《き》じゃないんだよ。」

「えー。どうして？」

私《わたし》がおどろいて、すみれさんをみると、彼女《かのじょ》はこまった様子《ようす》でうつむいた。

「鷹野《たかの》さんは、広《ひろ》い敷地《しきち》にたったひとりで住《す》んでいるようなのです。」

「うわ。独身《どくしん》なんだ。」

「ええ。そんなところに、年《とし》ごろの娘《むすめ》がひとりでたずねてゆくのは、いくら芸術《げいじゅつ》のためとはいえ、はしたないと思《おも》いますの。」

それをきいたカンナさんは、あきれた顔《かお》で首《くび》を大《おお》きくふる。

「んもお、すみれは、古《ふる》くさいなあ。あんたがモデルを断《ことわ》ったら、偉大《いだい》な芸術作品《げいじゅつさくひん》が生《う》まれる可《か》能性《のうせい》をつぶしちゃうんだよ。人類《じんるい》のためにも、大《おお》きな損失《そんしつ》だってば。」

「でも……。」

「ヌードってわけじゃないし、べつにいいじゃん。それでも心配《しんぱい》なら、私《わたし》たちがついてってあげるよ。」

「へ？　カンナさん、いま、『私《わたし》たち』っていわなかった？」

「ひなちゃんだって、みてみたいでしょ。」

たしかに、鷹野《たかの》さんって人《ひと》には会《あ》ってみたい。

私《わたし》の身近《みぢか》には芸術家《げいじゅつか》なんていないから、興味《きょうみ》があるの。

もちろん、彼《かれ》が、すみれさんをモデルに、どんな絵《え》を描《か》くのかも知《し》りたいわ。

「すみれさん。ここは、思《おも》いきって挑戦《ちょうせん》しちゃおうよ。新《あたら》しい自分《じぶん》に会《あ》えるかもよ。」

私《わたし》のこのセリフが決《き》め手《て》になったみたい。

すみれさんは、「おふたりがきてくださるのでしたら。」という条件《じょうけん》つきでモデルをやってみる決心《けっしん》をした。

「もし、モデルを引《ひ》きうけてくれるなら、今夜《こんや》、家《いえ》にきてくれないか、とおっしゃったのです。まずは、何枚《なんまい》かデッサンさせてほしいそうですわ。」

「ずいぶん、急《きゅう》な話《はなし》ね。しかも、夜《よる》に絵《え》を描《か》くの？」

「芸術家《げいじゅつか》っていうのは、モデルのつごうなんか考《かんが》えずに、描《か》きたいときに描《か》くのよ。ほとばしる情熱《じょうねつ》をキャンバスに焼《や》きつけるには、グズグズしてたらダメだもん。」

「それと、鷹野《たかの》さんは、夜《よる》しか制作《せいさく》をしないのです。当然《とうぜん》、ほとんどの作品《さくひん》は夜間《やかん》、人工《じんこう》の光《ひかり》の下《した》で鑑賞《かんしょう》されることを計算《けいさん》して作《つく》られていますわ。」

カンナさんとすみれさんが続《つづ》けて説明《せつめい》してくれる。

すみれさんは、白《しろ》やピンクを基調《きちょう》にしたかわいいファッションがトレードマークなの。それが、夜《よる》や闇《やみ》とむすびつくなんて、ますますおもしろそうだわ。

「でも、私《わたし》、夜《よる》じゃ外出《がいしゅつ》できないなあ。」

「私《わたし》の車《くるま》で送《おく》りむかえしてあげるから平気《へいき》だよ。それと、店長《てんちょう》には、私《わたし》から話《はなし》をして許可《きょか》を得《え》てあげるわ。」

カンナさんが自分《じぶん》の胸《むね》をポンとたたいた。

「ほんと？　それならいくわ。」

お母《かあ》さんのゆるしを得《え》られるなら、なんの心配《しんぱい》もない。

カンナさんは南風町《みなみかぜまち》に住《す》んでるから、お店《みせ》がおわったあと、すぐ車《くるま》を取《と》ってこられるし、帰《かえ》るのが多少《たしょう》おそくなったって明日《あす》も休《やす》みだもん。

というわけで私《わたし》は、シムシムの閉店時間《へいてんじかん》の午後《ごご》七時《じ》に、もう一度《いちど》たずねてくる約束《やくそく》をして、いったん家《いえ》に帰《かえ》った。

2 不思議《ふしぎ》なアトリエ

カンナさんの車《くるま》は、かなり古《ふる》めかしかった。

クラシックカーっていうより、ただのオンボロ車《ぐるま》って感《かん》じ。塗装《とそう》はところどころはげてさびてるし、いまどきパワーウインドウもエアコンもついてないんだよ。

カンナさんは、「車《くるま》なんて走《はし》れば、なんだっていいのよ。」っていうけど、真夏《まなつ》や真冬《まふゆ》は乗《の》りたくないなあ。

それはともかく、私《わたし》たち三人《にん》は、大急《おおいそ》ぎで鷹野《たかの》さんの家《いえ》を目指《めざ》す。時間《じかん》がないから、夕食《ゆうしょく》はファストフードのドライブスルーですませたんだ。

鎌倉市《かまくらし》に入《はい》ってから、けっこう急《きゅう》な山道《やまみち》を走《はし》り、さらに車《くるま》一台《だい》とおるのがやっとのデコボコ道《みち》をしばらく進《すす》んだ。

カンナさんの運転《うんてん》は、かなり乱暴《らんぼう》で、このままじゃ車酔《くるまよ》いしそうだな、と思《おも》ったとき、巨大《きょだい》な鉄《てっ》の板《いた》みたいな門《もん》がみえてくる。

このとき、時刻《じこく》は、ちょうど八時半《じはん》だった。

「ここが鷹野《たかの》さんの家《いえ》ですわ。」

「へえ。すごいところだね。自然《しぜん》のなかの家《いえ》っていうから、もっと開放的《かいほうてき》なのかと思《おも》ったら、門《もん》も塀《へい》もすごいじゃん。」

車《くるま》を停《と》めたカンナさんが、窓《まど》を開《あ》けて、周囲《しゅうい》をながめながらいった。

たしかに、門《もん》は人《ひと》ひとりの力《ちから》じゃびくともしないくらい頑丈《がんじょう》そうだし、コンクリートの塀《へい》は高《たか》さ三メートルくらいある。

おまけに防犯《ぼうはん》カメラらしきものも、何台《なんだい》かみえるよ。

「敷地《しきち》のなかには、たくさんの彫刻《ちょうこく》が展示《てんじ》されているそうですわ。ですから、どろぼうが入《はい》ってこないように、高《たか》い塀《へい》と門《もん》でかこっているのですって。」

それから、すみれさんは、車《くるま》をおりて、インターホンを押《お》しにゆく。

少《すこ》し待《ま》つと、でっかい門《もん》が横《よこ》にスライドして、向《む》こうに道《みち》がみえてきた。

「この先《さき》の分《わ》かれ道《みち》を左《ひだり》に進《すす》んでほしいそうです。すると、駐車場《ちゅうしゃじょう》がありますので、そこに車《くるま》を停《と》めて、小道《こみち》を少《すこ》し歩《ある》くと、鷹野《たかの》さんのアトリエに着《つ》くみたいですわ。」

車《くるま》にもどってきたすみれさんが、そう説明《せつめい》してくれる。

ちなみに、分《わ》かれ道《みち》を右《みぎ》に進《すす》むと、鷹野《たかの》さんの住居《じゅうきょ》のほうへいっちゃうんだって。

「よーし。じゃ、いくよ。」

門《もん》や塀《へい》を離《はな》れると、四方八方《しほうはっぽう》、木《き》しかみえなくなった。これで道《みち》が舗装《ほそう》されてなかったら、深《ふか》い森《もり》に迷《まよ》いこんだ、って錯覚《さっかく》してたでしょうね。

車《くるま》のヘッドライト以外《いがい》、人工《じんこう》の光《ひかり》はまったくないし、今日《きょう》はくもっていて月《つき》や星《ほし》もみえないから、怖《こわ》いくらいの真《ま》っ暗闇《くらやみ》が続《つづ》いたの。

駐車場《ちゅうしゃじょう》に着《つ》くまでは、時間《じかん》にしたら、のろのろスピードで二、三分《ぷん》だったけど、お化《ば》け屋敷《やしき》を一周《しゅう》するのと同《おな》じくらい緊張《きんちょう》しちゃったわ。

さて、駐車場《ちゅうしゃじょう》に車《くるま》を停《と》めると、その先《さき》に、コンクリート打《う》ちっぱなしの建物《たてもの》がみえた。

「あれがアトリエみたいだね。」

「ええ。あそこに小道《こみち》がありますわ。」

ちょっとした小道《こみち》をぬけると、森《もり》のなかを円形《えんけい》にくりぬいたような場所《ばしょ》にでる。

真《ま》んなかには、これまた円形《えんけい》の建物《たてもの》があって、これが鷹野《たかの》さんのアトリエみたい。ま、ようするに、ドーナツを上《うえ》からみたところを想像《そうぞう》してもらえば、わかりやすいわ。

ただ、ちょっと変《か》わっているのは、建物《たてもの》の周囲《しゅうい》に、不思議《ふしぎ》な形《かたち》の像《ぞう》がたくさん立《た》っていることかな。

サイズは、ちょうど私《わたし》の身長《しんちょう》と同《おな》じくらい。台座《だいざ》の近《ちか》くにある照明機器《しょうめいきき》で、一体《たい》一体《たい》ライトアップされていた。

「あれが鷹野《たかの》さんの作品《さくひん》ですわ。占星術《せんせいじゅつ》の黄道《こうどう》十二宮《きゅう》をモチーフにした青銅《せいどう》の彫刻《ちょうこく》だそうです。」

「十二宮《きゅう》ってことは、十二体《たい》あるの？」

「ええ。時計《とけい》の文字盤《もじばん》のように、アトリエを取《と》りかこんでいます。」

真《ま》っ暗《くら》な森《もり》のなかに、浮《う》かびあがる像《ぞう》って、なんて幻想的《げんそうてき》なのかしら。

これが、夜《よる》、鑑賞《かんしょう》するのに最適《さいてき》の演出《えんしゅつ》なんだろうな。

「やあ、みなさん。夜分《やぶん》おそくにお呼《よ》びたてして、すみませんでした。」

そのとき、建物《たてもの》の玄関《げんかん》から、サイケデリックなシャツを着《き》た背《せ》の高《たか》い男《おとこ》の人《ひと》がでてきた。鳥《とり》の巣《す》みたいなもじゃもじゃヘアで、ふちなしのメガネをかけて、下《した》あごにだけヒゲをはやしている。

私《わたし》はもっとダンディーな人《ひと》を想像《そうぞう》してたけど、いかにもアーチストっぽいから、この人《ひと》が鷹野《たかの》さんね。

私《わたし》たちが、かんたんにあいさつをしたところで、鷹野《たかの》さんは変《へん》なことをいった。

「まあ、こんなところではなんですから、どうぞ、なかにお入《はい》りください。おもしろいものをおみせしましょう。」

「おもしろいもの？」

私《わたし》がおうむ返《がえ》しすると、鷹野《たかの》さんは白《しろ》い歯《は》をみせて笑《わら》う。

「じつは、この建物《たてもの》、時計回《とけいまわ》りに回転《かいてん》するのです。」

「えー、すごい。でも、それに、なんの意味《いみ》があるんですか？」

「どこの部屋《へや》にいても、すべての彫刻《ちょうこく》がみえるようにしたかったのですよ。」

なるほど。建物《たてもの》がぐるっとまわれば、窓《まど》の外《そと》に十二体《たい》の像《ぞう》が順番《じゅんばん》にみえてくるもんね。それって、すごく楽《たの》しそうだ。

というわけで、私《わたし》たちは、まず玄関《げんかん》ホールに入《はい》った。ここには、ソファやテーブル、ステレオや冷蔵庫《れいぞうこ》なんかが置《お》いてある。制作《せいさく》に疲《つか》れたときに休《やす》んだり、気分転換《きぶんてんかん》したりするスペースなんですって。

その両《りょう》どなりがアトリエになっていて、ふたつのアトリエにはさまれた部屋《へや》は、材料《ざいりょう》や道具《どうぐ》置《お》き場《ば》らしいわ。

ちなみに、トイレや洗面所《せんめんじょ》は建物《たてもの》の真《ま》んなかにあって、ここだけは回転《かいてん》しているときも静止《せいし》している。ま、トイレがまわっちゃったんじゃ落《お》ちつかないしね。

「今日《きょう》は、アトリエA《エー》を使《つか》います。」

鷹野《たかの》さんのあとについて、アトリエA《エー》に入《はい》ると、そこに見知《みし》らぬ男性《だんせい》が待《ま》っていた。

年齢《ねんれい》は鷹野《たかの》さんと同《おな》じくらいだけど、小太《こぶと》りで、髪《かみ》がうすい。しかも、顔《かお》は、日《ひ》に焼《や》けたみたいに真《ま》っ赤《か》だったの。

「彼《かれ》は、元美術評論家《もとびじゅつひょうろんか》の水越治《みずこしおさむ》です。呼《よ》びもしないのにやってきたんだ。」

「元《もと》とは、ひどいな。」

「ほんとうのことだろう。さしずめ、いまはギャンブル評論家《ひょうろんか》か、アルコール評論家《ひょうろんか》だな。」

鷹野《たかの》さんに悪口《わるくち》をいわれても、水越《みずこし》さんはニヤニヤしてるだけだった。

「まさか、今日《きょう》は飲《の》んでないだろうね。」

「車《くるま》を運転《うんてん》してきたんだから、飲《の》んでないさ。ま、今夜《こんや》は、ここに泊《と》めてもらうつもりだから、あとでじっくりやるつもりだけどね。」

といって、コップをもって口《くち》につけるしぐさをする水越《みずこし》さん。

そういえば、駐車場《ちゅうしゃじょう》に入《はい》ったとき、二台《だい》の車《くるま》が停《と》まっていたわ。一台《だい》は鷹野《たかの》さんで、もう一台《だい》が水越《みずこし》さんの車《くるま》だとしたら数《かず》があうわね。

「さあ、こんな男《おとこ》はほうっておいて、さっそくはじめましょう。今夜《こんや》はエスキスだけですから、気楽《きらく》にしていてください。」

「あの、エスキスというのは、なんですの？」

すみれさんが質問《しつもん》すると、鷹野《たかの》さんはていねいに教《おし》えてくれる。

「構成《こうせい》を決《き》めたり、アイディアをだすためのかんたんなスケッチのことですよ。いってみれば、落書《らくが》きをしながら、どのような作品《さくひん》にするか考《かんが》えるわけですね。」

3　犯人《はんにん》は幽霊《ゆうれい》？

すみれさんが、緊張《きんちょう》した様子《ようす》でイスに腰《こし》かけると、鷹野《たかの》さんは、ポーズを指示《しじ》したり、みずから位置《いち》を変《か》えたりしながら、鉛筆《えんぴつ》を素早《すばや》く動《うご》かして、スケッチブックになにやら描《か》きこんでゆく。

私《わたし》とカンナさん、そして水越《みずこし》さんは、ふたりを少《すこ》し離《はな》れたところから、じっとみつめていた。しゃべったら集中《しゅうちゅう》できないと思《おも》って、おとなしくしてたんだけど、「モデルさんが緊張《きんちょう》してますから、なにか話《はな》しかけてあげてください。」って鷹野《たかの》さんにいわれてからは、いつもシムシムでしているみたいなくだらない話《はなし》をしたの。

それでも、すみれさんは、あまり笑顔《えがお》をみせてくれなかった。きいてみると、回転《かいてん》するものが苦手《にがて》なんだって。

「それなら、窓《まど》の外《そと》をみないように。」って鷹野《たかの》さんが忠告《ちゅうこく》してくれてからは、だいぶリラックスしたみたいだけどね。

って、そうそう。忘《わす》れてたけど、鷹野《たかの》さんは約束《やくそく》どおり、建物《たてもの》を回転《かいてん》させてくれたの。

最初《さいしょ》、アトリエの窓《まど》からは、おとめ座《ざ》の像《ぞう》がみえてたけど、そのうち、てんびん座《ざ》、さそり座《ざ》と順番《じゅんばん》に青銅《せいどう》の彫刻《ちょうこく》が現《あらわ》れてきた。

昔《むかし》、お祭《まつ》りで、走馬灯《そうまとう》っていう影絵《かげえ》をみたことがある。まるで、あのなかに自分《じぶん》が入《はい》りこんじゃったみたいな気分《きぶん》だわ。

もちろん、まわる速度《そくど》は、ほんとにゆっくりだった。カタツムリと競走《きょうそう》しても負《ま》けちゃうくらいね。

ただ、一度《ど》だけ、立《た》ってスケッチしていた鷹野《たかの》さんがよろけるシーンがあった。

「おいおい。おまえこそ酔《よ》っぱらってるんじゃないのか？」

水越《みずこし》さんが冷《ひ》やかしたけど、鷹野《たかの》さんは彼《かれ》を無視《むし》して、私《わたし》たちにこういった。

「最近《さいきん》、ギアのかみあわせが悪《わる》いみたいでしてね。ときどきゆれるんです。みなさんも気《き》をつけてください。」

会《あ》ったばかりで事情《じじょう》がよくわからないけど、鷹野《たかの》さんと水越《みずこし》さんって、仲《なか》が悪《わる》いのかな？

ま、ふたりともいい大人《おとな》だし、私《わたし》が気《き》にする必要《ひつよう》はないか。

異変《いへん》が起《お》こったのは、ちょうど一回転《かいてん》したときだった。

最初《さいしょ》に、それに気《き》づいたのは、私《わたし》とカンナさん。私《わたし》たちは、窓《まど》の外《そと》を指《ゆび》さしながら、同時《どうじ》に大《おお》声《ごえ》をあげる。

「あーっ！　あれ、みてー！」

ほかの三人《にん》は、なにごとかと、そろって窓辺《まどべ》にかけよる。

そして、知《し》ったの。おとめ座《ざ》の彫刻《ちょうこく》に、黄色《きいろ》いスプレーで落書《らくが》きがしてあることを……。

「な、なんだ、あれは？」

鷹野《たかの》さんが、うろたえながらも、建物《たてもの》の回転《かいてん》を止《と》めた。

「こ、こんなことってある？　さっきは、なんともなかったよね。」

「まさか、どろぼうが入《はい》りこんだんじゃ。」

私《わたし》とカンナさんは、立《た》ちあがって、あたふたとあたりをうろつく。

「いや、それは考《かん》えられません。門《もん》はかたく閉《と》ざされているし、塀《へい》をよじのぼることもできない。しかも、セキュリティは万全《ばんぜん》ですから、リス一匹入《ぴきはい》ってこられませんよ。」

鷹野《たかの》さんは、冷静《れいせい》にいった。

「ってことは、ここにいる五人《にん》のなかに犯人《はんにん》がいるの？　えっと、このアトリエからでた人《ひと》は……。」

思《おも》い返《かえ》してみると、五人《にん》とも一度《ど》はアトリエからいなくなった時間《じかん》がある。

私《わたし》もカンナさんもすみれさんも水越《みずこし》さんもトイレにいったし、鷹野《たかの》さんはとなりの部屋《へや》に消《け》しゴムを取《と》りにいったわ。

「うーん。それもありえないな。この建物《たてもの》は、回転中《かいてんちゅう》、ドアも窓《まど》も開《ひら》かないように設定《せってい》してあるんだ。なあ、鷹野《たかの》。」

「ああ。そのとおりだよ。」

いくらゆっくりとはいっても回転《かいてん》しているあいだに出入《でい》りするのは危険《きけん》だから、玄関《げんかん》の扉《とびら》と窓《まど》は自動《じどう》でロックされるんだって。そのロックは回転《かいてん》を止《と》めないかぎり解除《かいじょ》されないそうよ。

「はじめてここにきたとき、おれは、それを知《し》らなくて、大《おお》さわぎしちまったから、よく覚《おぼ》えてるんだ。」

と、水越《みずこし》さんが、てれ笑《わら》いを浮《う》かべる。

「ここから、彫刻《ちょうこく》までは三メートル以上《いじょう》、距離《きょり》がありますわね。」

「うん。この建物《たてもの》のなかにいて、スプレーを吹《ふ》きつけるなんて無理《むり》だね。」

すみれさんとカンナさんは、そんな会話《かいわ》をしていた。

でも、待《ま》って。

だれも、建物《たてもの》の外《そと》にでられないし、だれも鷹野《たかの》さんの敷地《しきち》に入《はい》ってこられないのに、おとめ座《ざ》の像《ぞう》は、まちがいなくイタズラされていたのよ。

これって、いったいどういうことなんだろう？

まさか、霊《れい》のしわざじゃないでしょうね。

「悪《わる》いけど、みなさん、今夜《こんや》はこれで帰《かえ》ってもらえませんか？」

大切《たいせつ》な作品《さくひん》を汚《よご》された鷹野《たかの》さんは、思《おも》いっきり落《お》ちこんでる。

私《わたし》たちの頭《あたま》のなかは「？」でいっぱいだったけど、とても真相《しんそう》を究明《きゅうめい》できるようなふんいきじゃなかったの。

で、私《わたし》たちは、べつに悪《わる》いことはしてないのに、逃《に》げるようにアトリエをあとにした。

ついでに、この家《いえ》に泊《と》まる予定《よてい》だった水越《みずこし》さんまで、いっしょに帰《かえ》ることになった。

「いや、大事《だいじ》な話《はなし》があってきたんだが、これじゃあ無理《むり》だからな。出直《でなお》すことにするよ。」

でも、水越《みずこし》さんがいてくれて助《たす》かっちゃったんだ。

っていうのも、駐車場《ちゅうしゃじょう》にいってみたら、カンナさんの車《くるま》のバッテリーがあがっていたからなの。

まさか、これも目《め》にみえない犯人《はんにん》のしわざかも、って一瞬《いっしゅん》みんな思《おも》ったけど、こっちはカンナさんがうっかりしてただけみたい。

つまり、ヘッドライトをつけっぱなしで車《くるま》からおりちゃったってわけ。

ほら、いまの車《くるま》って、ライトをつけたまま車《くるま》のキーをぬくと、音《おと》で教《おし》えてくれるじゃない。でも、カンナさんの車《くるま》って古《ふる》いから、そういう便利《べんり》な機能《きのう》がついてないのよ。

「私《わたし》、よくやっちゃうんだよね。」

そういうだけあって、カンナさんは充電用《じゅうでんよう》のブースターケーブルを車《くるま》につんであった。

それを水越《みずこし》さんの車《くるま》につないで、無事《ぶじ》エンジンをかけることに成功《せいこう》したんだ。

4　コペルニクス的転回《てきてんかい》ってなに?

翌日《よくじつ》、私《わたし》は、朝《あさ》いちばんでシムシムにいった。

すみれさんの話《はなし》だと、彫刻《ちょうこく》の落書《らくが》きはきれいに落《お》ちたし、ほかのものにイタズラされたり、なにかを盗《ぬす》まれたりってことはなかったらしいわ。

だけど、変《へん》な謎《なぞ》は、解決《かいけつ》されないまま残《のこ》ってるのよね。それって、やっぱり気持《きも》ち悪《わる》いじゃない。

で、こういうとき、たよりになるのは、なんといっても月乃《つきの》ちゃん。

というわけで、月曜日《げつようび》の放課後《ほうかご》、私《わたし》は月乃《つきの》ちゃんをシムシムに連《つ》れていった。

ちなみに彼女《かのじょ》には、事件《じけん》のことをなんにも伝《つた》えてないの。お客《きゃく》さんがいなくなって、カンナさんとすみれさんがソファにそろったあと、最初《さいしょ》から全部話《ぜんぶはな》したんだ。

「いくつか確認《かくにん》したいことがあるのですが、よろしいですか？」

話《はなし》をききおえた月乃《つきの》ちゃんは、まずこんなふうにきりだした。

「十二体《たい》の像《ぞう》はライトアップされていたそうですけど、それ以外《いがい》のもの、たとえばうしろの木々《きぎ》などは、どれくらいみえていましたか？」

「うーん。はっきりいって、ほとんどみえなかったわ。あの夜《よる》は、くもってて月《つき》も星《ほし》もでてなかったからね。」

カンナさんが記憶《きおく》をたどりながら答《こた》える。

建物拡大図《たてものかくだいず》
道具置《どうぐお》き場《ば》
アトリエB《ビー》
トイレ
アトリエA《エー》
ホール
玄関《げんかん》
門《もん》へ
駐車場《ちゅうしゃじょう》
小道《こみち》
森《もり》
建物《たてもの》
おとめ座《ざ》の像《ぞう》

これは私《わたし》も同感《どうかん》。彫刻《ちょうこく》に光《ひかり》があたってたから、よけいに背景《はいけい》は真《ま》っ暗《くら》だったもんね。

「それで、なにか、気《き》になった点《てん》はありませんでしたか？」

「うん。べつにないよね。」

カンナさんが返事《へんじ》をして、私《わたし》もすみれさんも、こっくりとうなずいた。

「そうですか。となると、答《こた》えはひとつしかありませんね。」

「え……。月乃《つきの》さんには、もう真相《しんそう》がわかってしまったのですか？」

月乃《つきの》ちゃんの名探偵《めいたんてい》ぶりを知《し》らないすみれさんは、思《おも》いっきりおどろいた。

って、ほんとは私《わたし》だって、びっくりしたんだ。

だって、今回《こんかい》の月乃《つきの》ちゃんは、現場《げんば》にいなくて、私《わたし》たちの話《はなし》をきいただけなのよ。それなのに、こんなに早《はや》く答《こた》えをだしちゃうなんて！

「ええ。敷地《しきち》のなかには、だれも入《はい》ってこられない。そして、回転中《かいてんちゅう》の建物《たてもの》からは、だれもでられない。それなのに、建物《たてもの》から三メートルも離《はな》れた彫刻《ちょうこく》にイタズラをされた。こういう矛盾《むじゅん》があるときは、どこか前提《ぜんてい》がまちがっているんです。」

「えっと、じつは、塀《へい》に穴《あな》があいてるところがあって、犯人《はんにん》はそこから侵入《しんにゅう》した、とか。」

「もっと単純《たんじゅん》なことよ。」

と、月乃《つきの》ちゃんは晴《は》れやかな笑顔《えがお》をみせた。

「実際《じっさい》は、このとき、建物《たてもの》は回転《かいてん》してなかったの。」

「へ？」

これには、私《わたし》だけじゃなく、美容師《びようし》さんふたりもびっくりして、口《くち》をポカーンと開《あ》けてしまう。

「建物《たてもの》が回転《かいてん》していなければ、ロックもかからないから、扉《とびら》も窓《まど》も開《ひら》くでしょう。そこから、外《そと》にでて、像《ぞう》にスプレーを吹《ふ》きつけるなんて、五分《ふん》もあればできるわ。」

「で、でもさ……。」

「ねえ、ひなちゃん。イタズラされるのは、べつに、かに座《ざ》でもふたご座《ざ》でもよかったのに、どうして、おとめ座《ざ》の像《ぞう》が選《えら》ばれたと思《おも》う？」

へ？　そういわれてみると不思議《ふしぎ》……。っていうか、おとめ座《ざ》に落書《らくが》きされた意味《いみ》なんて考《かんが》えもしなかったけど……。

「その理由《りゆう》はね、みんながアトリエに入《はい》ったとき、窓《まど》からみえていたのが、おとめ座《ざ》の像《ぞう》だったからよ。」

「たしかに、ちょうど一周《しゅう》したとき、異変《いへん》に気《き》づきましたわね。ずいぶんときりがいいとは思《おも》ったのです。」

すみれさんが、あごに手《て》をあてて、遠《とお》くをみるような目《め》つきをする。これが彼女《かのじょ》の必殺技《ひっさつわざ》「夢《ゆめ》みる乙女《おとめ》ポーズ」よ。

「たとえば、おとめ座《ざ》のちょうど反対《はんたい》にあるうお座《ざ》で回転《かいてん》が止《と》まったとします。すると、どうなるかというと、玄関《げんかん》は入《はい》ったときとでるときとで、向《む》きがまったく逆《ぎゃく》になってしまうんです。」

ふむふむ。建物《たてもの》が回転《かいてん》するわけだから、当然《とうぜん》よね。

「それをさけるために、最初《さいしょ》にみえていた像《ぞう》にイタズラをしたわけです。これなら、じつは建物《たてもの》が回転《かいてん》していなかった、ということを気《き》づかれずにすみますから。」

月乃《つきの》ちゃんの頭《あたま》は回転《かいてん》が速《はや》すぎて、私《わたし》たちは、だれもついていけなかった。

すみれさんなんか、やたらとまばたきが増《ふ》えちゃってるもん。

「建物《たてもの》が動《うご》いていなかった証拠《しょうこ》は、もうひとつあります。それは、ヘッドライトをつけっぱなしにしていたカンナさんの車《くるま》です。」

「ああ、あれね。くせみたいになっちゃってて、マズいな、とは思《おも》うんだけどさ。」

「ライトを消《け》し忘《わす》れたことに気《き》づかなかったのは、しかたないと思《おも》います。というのも、車《くるま》からおりたときは、ライトアップされた像《ぞう》や、建物《たてもの》からでている光《ひかり》のせいで、あたりはかなり明《あか》るかったはずだからです。」

ま、それでも、ふつうの人《ひと》なら消《け》し忘《わす》れなんてしないけどね。カンナさんは、うっかりしすぎだよ。

「ところが、アトリエにいて、森《もり》のほうをみているときは事情《じじょう》が異《こと》なります。手前《てまえ》にライトアップされた像《ぞう》があって、その奥《おく》の森《もり》は真《しん》の闇《やみ》だったたんですよね。」

「うん。」

「駐車場《ちゅうしゃじょう》が多少離《たしょうはな》れていたとはいえ、真《ま》っ暗《くら》な森《もり》のなかにヘッドライトの光《ひかり》がみえなかったのは変《へん》ではありませんか？」

あ……。いわれてみれば、月乃《つきの》ちゃんのいうとおりだ。

つまり、建物《たてもの》が三百六十度回転《どかいてん》したんなら、必《かなら》ずだれかはヘッドライトの光《ひかり》に気《き》づいたはずってことよね。

「ちょっと待《ま》ってよ。月乃《つきの》ちゃんのいうこともわかるけど、窓《まど》からみえる彫刻《ちょうこく》はまちがいなく動《うご》いてたのよ。私《わたし》たち三人《にん》とも、しっかりみてたわ。ねえ、ひなちゃん。」

「うん。てんびん座《ざ》、さそり座《ざ》、いて座《ざ》っていうふうに、順番《じゅんばん》に像《ぞう》がみえてきたよ。」

「それなのに建物《たてもの》が回転《かいてん》してなかったっていわれても、納得《なっとく》できないわ。」

カンナさんは、怒《おこ》ったような表情《ひょうじょう》をみせる。

その場《ば》にいなかった月乃《つきの》ちゃんには、建物《たてもの》の動《うご》きなんかわかりっこない、って思《おも》ってるんだろうな。

でも、月乃《つきの》ちゃんは、動揺《どうよう》したりとまどったりする様子《ようす》をみせず、さわやかな笑顔《えがお》で、こういった。

「ええ。ですから、動《うご》いていたのは建物《たてもの》ではなくて、そのまわり、つまり、地面《じめん》が十二体《たい》の像《ぞう》ごと反時計回《はんとけいまわ》りに回転《かいてん》していたんです。」

「えぇーっ！」

さ、さすがに、そんな大胆《だいたん》なことは思《おも》いつかなかったよ……。

「あの、月乃《つきの》さん。私《わたし》は回転《かいてん》が苦手《にがて》なんですの。あの夜《よる》も、やはり気分《きぶん》が悪《わる》くなったんですけれど……。」

「それは錯覚《さっかく》です。」

あっさりと、月乃《つきの》ちゃんがいいきった。

「たとえば、静止《せいし》している電車《でんしゃ》に乗《の》っているとき、となりの電車《でんしゃ》が進行方向《しんこうほうこう》と逆《ぎゃく》に走《はし》りだすと、自分《じぶん》の乗《の》った電車《でんしゃ》が動《うご》いたように感《かん》じますすね。あれと同《おな》じことです。」

すみれさんだけじゃなくて、私《わたし》たちもいっしょだわ。建物《たてもの》が回転《かいてん》している、といわれたら、ツメの先《さき》ほどもうたがわなかったもん。で、ほんとに、自分《じぶん》たちが動《うご》いてる気《き》がしていた。

「そっかー。まさにコペルニクス的転回《てきてんかい》だね。」

「ん？　カンナさん、なに、それ？」

「コペルニクスというのは、十六世紀《せいき》の天文学者《てんもんがくしゃ》で、地動説《ちどうせつ》をとなえた人《ひと》よ。」

と、カンナさんのかわりに、月乃《つきの》ちゃんが解説《かいせつ》してくれる。

それまでほとんどの人《ひと》は天動説《てんどうせつ》、つまり地球《ちきゅう》のまわりをほかの星《ほし》がまわってると信《しん》じてたけど、コペルニクスは、地球《ちきゅう》こそが太陽《たいよう》のまわりを公転《こうてん》してるってことを発見《はっけん》したらしいよ。で、ものの見方《みかた》がすっかり変《か》わっちゃうようなことを「コペルニクス的転回《てきてんかい》」っていうんだって。

ほんと、今回《こんかい》の月乃《つきの》ちゃんの推理《すいり》は、それに似《に》てるわ。

「あ。でもさ、鷹野《たかの》さんは、とちゅうでよろけてたよ。錯覚《さっかく》だけじゃ、まさか転《ころ》んだりしないんじゃ……。」

「ええ。動《うご》いてもないのに、よろけるはずないわ。つまり、そんな芝居《しばい》をした人《ひと》こそ、この事件《じけん》の犯人《はんにん》なのよ。」

建物《たてもの》じゃなくて、そのまわりの地面《じめん》が回転《かいてん》してた、っていわれた時点《じてん》で、犯人《はんにん》はひとりしかいないと思《おも》ったから、そのことにはべつにおどろかされなかった。

けど、問題《もんだい》は、動機《どうき》なのよね。

だって、鷹野《たかの》さんが自分《じぶん》の作品《さくひん》にイタズラしたって、なんの得《とく》もないんだもん。

「かんたんにいうと、水越《みずこし》さんに帰《かえ》ってもらいたかったんじゃないかしら。」

「へ……。」

「鷹野《たかの》さんは、水越《みずこし》さんのことを、こころよく思《おも》っていなかったんでしょう。ギャンブル評論家《ひょうろんか》とかアルコール評論家《ひょうろんか》と呼《よ》ぶくらいだから、賭《か》けごとやお酒《さけ》におぼれてたんじゃないかしら?」

「なるほど。ってことは、水越《みずこし》さんがいってた『大事《だいじ》な話《はなし》』っていうのは、借金《しゃっきん》のもうしこみだね。」

カンナさんが、小刻《こきざ》みに何度《なんど》もうなずく。

「それで、自分《じぶん》が被害者《ひがいしゃ》になったふりをして、水越《みずこし》さんを追《お》いはらったのか。」

タネあかしされると、なんだか子《こ》どもみたいな話《はなし》だなあ。

イヤな人《ひと》に帰《かえ》ってもらいたいからイタズラをするなんてさ。

「ま、でも、アーチストっていうか、男《おとこ》の人《ひと》ってさ、そういう子《こ》どもっぽいところがあるよ。」

「そうですわね……。」

といいつつ、すみれさんは、なんとなく、さえない表情《ひょうじょう》をしていた。

彫刻《ちょうこく》もアトリエもすてきだったぶん、鷹野《たかの》さんの幼稚《ようち》な一面《いちめん》がみえて幻滅《げんめつ》しちゃったのかな。

せっかくモデルをやる気《き》になってたのに、これはもうダメかもしんないなあ、と思《おも》ったら、それがほんとになっちゃったの。

そう。すみれさんをモデルにした絵《え》は、完成《かんせい》することはなかったってわけ。

乙女心《おとめごころ》って、芸術《げいじゅつ》よりむずかしいんだから、もっと注意《ちゅうい》してあつかってもらわないとね。

Case《ケース》 7

3枚《まい》の写真《しゃしん》

1 夢《ゆめ》をもたない女《おんな》の子《こ》

「今度《こんど》の土曜日《どようび》、長野《ながの》の友《とも》だちと会《あ》う予定《よてい》なんだけど、ひなちゃんもいっしょにこない？」

昼休《ひるやす》みのおわりをつげるチャイムが鳴《な》り、自分《じぶん》の席《せき》にもどろうとしたとき、突然《とつぜん》、月乃《つきの》ちゃんがいった。

「私《わたし》、長野《ながの》の病院《びょういん》に入院《にゅういん》してたって話《はな》したでしょう。そのとき、三日間《みっかかん》だけ同室《どうしつ》だった子《こ》がいるの。たまたま同《おな》じ学年《がくねん》だったから仲《なか》よくなって、いまでも文通《ぶんつう》してるのよ。」

月乃《つきの》ちゃんは、うちの学校《がっこう》に転校《てんこう》してくる前《まえ》、心臓《しんぞう》の病気《びょうき》で長《なが》いあいだ入院《にゅういん》していたんだ。手術《しゅじゅつ》がうまくいって、いまはだいぶ調子《ちょうし》がいいみたいだけど、まだときどき発作《ほっさ》が起《お》こるし、はげしい運動《うんどう》をすることができないの。

「でも、長野《ながの》まで会《あ》いにいくの？　夏休《なつやす》みまで、まだ二週間《しゅうかん》もあるけど……。」

「まさか。友《とも》だちのほうが横浜《よこはま》にくるのよ。」

よく考《かんが》えたら、長野《ながの》にいくのに私《わたし》を誘《さそ》うわけないか。

「家族《かぞく》で川崎《かわさき》の親戚《しんせき》の家《いえ》へいくそうよ。そのとき、ほの香《か》ちゃんだけ横浜《よこはま》まできてくれることになったの。」

「あ、その子《こ》、ほの香《か》ちゃんって名前《なまえ》なんだ。」

「そうなの。火渡《ひわたり》ほの香《か》ちゃんっていって、すごくやさしい子《こ》よ。」

月乃《つきの》ちゃんは、とても楽《たの》しそうに話《はな》す。なつかしい友《とも》だちに、ひさしぶりに会《あ》えるのがうれしいのね。

「それじゃ、私《わたし》もおじゃましちゃおうかな。」

月乃《つきの》ちゃんの友《とも》だちってどんな子《こ》なのか興味《きょうみ》あるし、土曜日《どようび》は予定《よてい》がないもんね。

というわけで、私《わたし》は月乃《つきの》ちゃんにくっついて、ほの香《か》ちゃんと遊《あそ》ぶことにした。

当日《とうじつ》の待《ま》ちあわせ場所《ばしょ》は、横浜駅《よこはまえき》の中央《ちゅうおう》コンコース。

ここは、いつもすごく混《こ》んでるんだよね。JR《ジェイアール》や私鉄《してつ》の改札《かいさつ》がかたまってるし、東西《とうざい》にはデパートや飲食店《いんしょくてん》やホテルが数多《かずおお》くあるから、まるで洪水《こうずい》のように人《ひと》があふれている。

だから、無事《ぶじ》に会《あ》えるか心配《しんぱい》したんだけど、月乃《つきの》ちゃんは、あっというまに、ほの香《か》ちゃんをみつけだしちゃった。

ピンクの水玉柄《みずたまがら》のワンピースを着《き》てくるってきいていたから、すぐわかったんだって。

「ほの香《か》ちゃん。ひさしぶり。今日《きょう》はわざわざきてくれて、ありがとう。」

「あー、ツッキー。元気《げんき》だったぁ？」

ツッキー？　それって、まさか月乃《つきの》ちゃんのこと？

びっくりして、月乃《つきの》ちゃんをみると、彼女《かのじょ》はほおを赤《あか》くそめて、小《ちい》さくうなずいた。

う……。月乃《つきの》ちゃんって、ほの香《か》ちゃんには、「ツッキー」って呼《よ》ばれてるんだ。

「ほの香《か》ちゃん、全然変《ぜんぜんか》わってないわね。」

ほの香《か》ちゃんは、夏《なつ》なのに肌《はだ》が真《ま》っ白《しろ》で、ほっぺがちょっと赤《あか》くて、かわいい女《おんな》の子《こ》だった。

軽《かろ》やかなサラサラヘアのショートボブが、とてもよく似合《にあ》ってるわ。

「ツッキーは、だいぶ元気《げんき》になったみたいじゃない。病院《びょういん》にいるころとは別人《べつじん》だわ。」

「ええ。最近《さいきん》、体《からだ》の調子《ちょうし》がいいの。学校《がっこう》にもちゃんと通《かよ》えてるわ。」

かんたんなあいさつがすんだあと、月乃《つきの》ちゃんが私《わたし》をほの香《か》ちゃんに紹介《しょうかい》してくれた。

「日向《ひなた》ちゃんね。ツッキーの手紙《てがみ》に、いつもでてくるから、よく知《し》ってるわ。えっと、日向《ひなた》だから、『ひなぴょん』でいいかなあ？」

「へ？　ひ、ひなぴょん？」

ほの香《か》ちゃんって、ものすごくマイペース！

まさか初対面《しょたいめん》であだ名《な》をつけられるとは思《おも》ってもいなかった。っていうか、これまで「ひなぴょん」なんて呼《よ》ばれたこと、一度《いちど》もないんだけど……。

「ひなちゃんの夢《ゆめ》は、空手《からて》の世界大会《せかいたいかい》で優勝《ゆうしょう》することなのよ。」

月乃《つきの》ちゃんがそういうと、ほの香《か》ちゃんは、目《め》をまん丸《まる》くしてさけんだ。

「それって、世界一《せかいいち》ってことよね。すごいじゃない！」

「もちろん、まだ先《さき》のことだけど、夢《ゆめ》は大《おお》きくもったほうがいいからさ。ほの香《か》ちゃんだって夢《ゆめ》があるでしょう？」

「うち？　うちは、勉強《べんきょう》もスポーツも興味《きょうみ》ないし、趣味《しゅみ》も特技《とくぎ》もとくにないからなあ。」

「へ？」

今度《こんど》は、私《わたし》が目《め》を丸《まる》くする番《ばん》だった。

趣味《しゅみ》がないってのもびっくりだけど、それ以上《いじょう》におどろいたのは、ほの香《か》ちゃんがそれをまったく気《き》にしてなさそうなこと……。

「だから、夢《ゆめ》もべつにないの。うちは、平凡《へいぼん》に暮《く》らしていけたら、それで満足《まんぞく》だもの。」

うちのクラスの子《こ》たちも、みんな、なにかしら好《す》きなことや得意《とくい》なこと、そして将来《しょうらい》の夢《ゆめ》をもってるんだけどなあ。

平凡《へいぼん》っていうわりに、ほの香《か》ちゃんって、かなり不思議《ふしぎ》な子《こ》かも。


ま、そんな感《かん》じの初対面《しょたいめん》だったから、どこに連《つ》れていってあげたら喜《よろこ》んでくれるか悩《なや》んじゃったんだけど、そんなに気《き》にする必要《ひつよう》はなかったの。

ほの香《か》ちゃんは、「ウシにコーヒーを飲《の》ませたら、コーヒー牛乳《ぎゅうにゅう》がしぼれるのよね。」とか、「ひからびたミミズにお湯《ゆ》をかけたら生《い》き返《かえ》るって知《し》ってた？」とか、ときどきおかしなことをいう以外《いがい》は、ごくふつうの女《おんな》の子《こ》だった。

私《わたし》と月乃《つきの》ちゃんが、おしゃれな雑貨屋《ざっかや》さんや、行列《ぎょうれつ》ができるアイスクリーム屋《や》さんに案内《あんない》したら、予想以上《よそういじょう》に、はしゃいでたもん。

「あのパンダ、かわいいね。はじめてみたけど、こっちで、はやってるの？」

A《エー》デパートに入《はい》ってすぐ、ほの香《か》ちゃんが、ボールみたいにまん丸《まる》いパンダのぬいぐるみをみつけて、かけよる。

「それは『パンだま』っていって、A《エー》デパートのキャラクターなの。だから、ここにしか売《う》ってないわ。」

「そうなんだ。んー、じゃあ、このちっちゃいの買《か》っちゃおうっと。」

月乃《つきの》ちゃんの説明《せつめい》をきいたほの香《か》ちゃんは、ちょっと迷《まよ》ってから、いちばん小《ちい》さいパンだまをふたつ手《て》に取《と》った。

「あれ。ふたつも買《か》うの？」

「ひとつは、お姉《ねえ》ちゃんのぶんだよ。」

ほの香《か》ちゃんには中学《ちゅうがく》二年生《ねんせい》のお姉《ねえ》ちゃんがいるんだって。だから、かわいいものをみつけると必《かなら》ずふたつ買《か》うらしいよ。

「ツッキーやひなぴょんはいいよねえ。いつでもほしいものを買《か》いにいけて。うちはいなかに住《す》んでるから、ときどき市内《しない》のデパートに連《つ》れていってもらうくらいなんだ。」

「ほの香《か》ちゃんの地元《じもと》って、どんなところなの？」

「山《やま》のなかの小《ちい》さな村《むら》よ。冬場《ふゆば》は雪《ゆき》に閉《と》ざされちゃうけど、スキー場《じょう》とか温泉《おんせん》があるわけじゃないから観光客《かんこうきゃく》はこないし、村《むら》のほとんどが農家《のうか》や漁師《りょうし》なの。」

「え？　山《やま》のなかなのに漁師《りょうし》さんがいるって……。」

「近《ちか》くに湖《みずうみ》があるのよ。でも、有名《ゆうめい》じゃないから、地元《じもと》の釣《つ》り人《びと》くらいしかこないわ。」

ほの香《か》ちゃんは、はずかしそうに下《した》を向《む》く。

「私《わたし》、体《からだ》を動《うご》かすのが好《す》きだから、毎日《まいにち》、山《やま》や湖《みずうみ》で遊《あそ》べるなんて、逆《ぎゃく》にうらやましいよ。」

「私《わたし》は、ひなちゃんみたいに運動《うんどう》はできないけど、自然《しぜん》のなかでの暮《く》らしにはあこがれてるの。きれいな空気《くうき》や水《みず》、すてきな景色《けしき》ほど貴重《きちょう》なものはないもの。」

「そうそう。なんか、『アルプスの少女《しょうじょ》ハイジ』みたいで、あこがれちゃうよねー。」

「ええ。あのお話《はなし》は、いまでもときどき読《よ》み返《かえ》すくらい好《す》きなのよ。」

大自然《だいしぜん》を想像《そうぞう》して盛《も》りあがる月乃《つきの》ちゃんと私《わたし》。

ほの香《か》ちゃんは、自分《じぶん》の住《す》んでいるところをほめられて、やっぱりうれしかったみたい。目《め》をキラキラさせて、こういった。

「じゃあ、今度《こんど》、ふたりで遊《あそ》びにきてよ。ひなぴょんは空手《からて》が強《つよ》いから、クマにであっても平気《へいき》だものね。」

あ、いや……。だから、クマには勝《か》てないったら。

2 誘拐犯《ゆうかいはん》からのメール

それから私《わたし》たちは、B《ビー》デパートに洋服《ようふく》をみにいくことにした。

ここの五階《かい》には、ピンクマンモスっていう小学生《しょうがくせい》に大人気《だいにんき》のブランドがあるの。

いつきても混《こ》んでいて、当然《とうぜん》、今日《きょう》もハデな服《ふく》を着《き》た女《おんな》の子《こ》たちが、陳列棚《ちんれつだな》やハンガーラックにアリのようにむらがっている。

「すごい人《ひと》ね。うちの学校《がっこう》の全生徒《ぜんせいと》の数《かず》より多《おお》いかも。」

「じつは、私《わたし》もこの店《みせ》には、はじめてきたの……。」

ほの香《か》ちゃんはもちろん、ピンクマンモスの服《ふく》なんか着《き》ない月乃《つきの》ちゃんも、取《と》りつかれたような女《おんな》の子《こ》の集団《しゅうだん》をみてとまどっていた。

「ちなみに、バーゲンのときは、いまの十倍《ばい》くらいの人数《にんずう》になるよ。人気《にんき》の服《ふく》をゲットするためには、空手《からて》の試合《しあい》より過酷《かこく》な争《あらそ》いが待《ま》ってるんだから。」

私《わたし》が大《おお》げさに説明《せつめい》すると、ふたりとも口《くち》をあんぐり開《あ》けておどろく。

「でも、せっかくだから、うちも、なにか買《か》っていこうかな？」

「そうだね。T《ティー》シャツとかなら安《やす》いし、かわいいよ。」

といいながら店《みせ》に入《はい》った私《わたし》たちだったけど、服《ふく》を選《えら》ぶのに夢中《むちゅう》になっちゃったのと、人《ひと》が多《おお》すぎたのとで、いつのまにかバラバラになっていた。

っていうか、そのこと自体《じたい》、月乃《つきの》ちゃんに、うしろから肩《かた》をたたかれるまで気《き》がつかなかったんだけどね。

「ほの香《か》ちゃんがいないの。」

「え、ほんと？　さっきまで、あそこでパーカをみてたけど……。」

私《わたし》は、入《い》り口近《ぐちちか》くのワゴンを指《ゆび》さす。けれど、そこにほの香《か》ちゃんの姿《すがた》はなかった。

「もしかして、トイレにでもいったのかな？」

「そうね。いちおう、みにいってみましょうか？」

ところが、近《ちか》くのトイレにいって、個室《こしつ》があくのを待《ま》ってみたけど、ほの香《か》ちゃんはでてこなかったんだ。

「うーん。どこにいっちゃったんだろう。電話《でんわ》してみたら？」

と私《わたし》がいうと、月乃《つきの》ちゃんは、すぐにほの香《か》ちゃんの携帯電話《けいたいでんわ》にかけた。

でも、「電波《でんぱ》が届《とど》かないところにいるか、電源《でんげん》が入《はい》ってないため、かかりません。」というメッセージが流《なが》れてくるだけで連絡《れんらく》がつかない。

「まさか、電源《でんげん》を切《き》ってるはずはないよね。地下《ちか》とかにいるのかしら？」

「私《わたし》たちになにもいわず、そんなところにいくとは思《おも》えないけど……。」

さすがの月乃《つきの》ちゃんも、わけがわからないみたいで、首《くび》をひねるばかりだった。

と、そのとき、月乃《つきの》ちゃんの携帯《けいたい》がブルブルッとふるえる。

ほの香《か》ちゃんからの電話《でんわ》だ、と思《おも》ったんだけど、なぜかそれはメールの受信《じゅしん》だったみたい。

「変《へん》ね。知《し》らないアドレスからだわ。しかも、なにかしら、このメッセージは。」

月乃《つきの》ちゃんは、不思議《ふしぎ》そうな表情《ひょうじょう》のまま、私《わたし》に携帯《けいたい》の画面《がめん》をみせてくれる。

そこには、あいさつもなにもなくて、ただこう書《か》かれているだけだった。

ほの香《か》はあずかった。
返《かえ》してほしければ、
ここまでこい。

アキラ

「こ、これ、なに？　ここまでこい、って、いったいどこにいけばいいのよ。」

「さあ。アキラっていうのが発信人《はっしんにん》の名前《なまえ》みたいだけど……。」

「ひょっとして、誘拐《ゆうかい》？　だとしたら、警察《けいさつ》に連絡《れんらく》したほうがいいよね？」

あわてる私《わたし》とは対照的《たいしょうてき》に、月乃《つきの》ちゃんは全然《ぜんぜん》オタオタしてない。

「それはどうかしら。誘拐《ゆうかい》なら、私《わたし》じゃなくて、ご両親《りょうしん》に連絡《れんらく》があると思《おも》うの。」

「あ、そっか。」

「しかも、身代金《みのしろきん》を要求《ようきゅう》するわけでもないし、ほの香《か》ちゃんを返《かえ》してくれるための条件《じょうけん》は、アキラって人《ひと》のいるところにいくことだけでしょう。あせる必要《ひつよう》はなさそうだわ。」

なるほど。それで月乃《つきの》ちゃんは落《お》ちついてるんだ。

たしかに、ほんものの誘拐犯《ゆうかいはん》なら、メールなんかで連絡《れんらく》はしてこないか。

「んー。ってことは、これって、イタズラ？　アキラってことは、もしかすると、ほの香《か》ちゃんの彼氏《かれし》とか？」

「それはわからないわ。ただ、いずれにしても、ゲームという可能性《かのうせい》が高《たか》そうね。」

それをきいたとたん、私《わたし》の気持《きも》ちは風船《ふうせん》のように軽《かる》くなった。

だって、ゲームならよけいな気《き》をつかわず、アキラがいる場所《ばしょ》をみつけるだけでいいじゃない。それって、すごく楽《たの》しそうだわ。

「ん。でも、待《ま》って。ヒントとかはないのかな？」

私《わたし》は、もう一度《いちど》、送《おく》られてきたメールを読《よ》みなおした。

けれど、ヒントとか暗号《あんごう》とかはかくされてなさそうだし、これだけで場所《ばしょ》を特定《とくてい》するのは無《む》理《り》って気《き》がするよ。

なんて思《おも》ってたら、月乃《つきの》ちゃんの携帯《けいたい》がメール受信画面《じゅしんがめん》に切《き》りかわった。

わ。さっそく、きたわね。

「あら、今度《こんど》は写真《しゃしん》だわ。」

月乃《つきの》ちゃんがみせてくれたのは、携帯《けいたい》のカメラで撮影《さつえい》された画像《がぞう》だった。

本屋《ほんや》さんで撮《と》ったみたいで、本以外《ほんいがい》はなにも写《うつ》ってない。

「アキラは本屋《ほんや》さんにいるのか。でも、これだけじゃ、どこの本屋《ほんや》さんか、わかんないね。」

「この書店《しょてん》を探《さが》せ、というわけではないと思《おも》うの。もし、そうなら、最初《さいしょ》のメールは『この書《しょ》店《てん》にこい。』といった文章《ぶんしょう》になっていたはずよ。」

「あ、なるほど。」

「きっと、この写真《しゃしん》を手《て》がかりに、アキラの居《い》場所《ばしょ》を推理《すいり》しなければいけないんだわ。」

月乃《つきの》ちゃんにいわれて、よくみると、たしかに同《おな》じ装丁《そうてい》の分厚《ぶあつ》い本《ほん》が一巻《かん》から順序《じゅんじょ》よく並《なら》んでいる。

背表紙《せびょうし》には『漂流社世界百科事典《ひょうりゅうしゃせかいひゃっかじてん》』って書《か》かれてるから、百科事典《ひゃっかじてん》のコーナーで撮影《さつえい》したみたいだ。

「これ、巻数《かんすう》がヒントになってるんじゃない？」

「どうかしら。巻数《かんすう》が重要《じゅうよう》なら、もう少《すこ》しきちんと撮影《さつえい》するでしょう。これをみると二巻《かん》から七巻《かん》まではきちんと写《うつ》っているけど、両端《りょうはし》の一巻《かん》と八巻《かん》は半分《はんぶん》きれてるわ。」

うーん。月乃《つきの》ちゃんは、やっぱ目《め》のつけどころがちがうわ。

でも、だとしたら、この写真《しゃしん》にはなんの意味《いみ》があるんだろう？

とちゅう、ぬけている巻《かん》も、逆《さか》さまになってる巻《かん》もないんだよ。

「ねえ、月乃《つきの》ちゃん。ヒントになるような文《ぶん》はついてないの？」

「ええ。写真《しゃしん》だけで、文章《ぶんしょう》はなにもないわね。」

月乃《つきの》ちゃんは、携帯《けいたい》をじっとみつめながらいった。

その横顔《よこがお》をちらっとみると、いつものやさしい表情《ひょうじょう》がすっかり消《き》えうせている。

こ、これは、名探偵《めいたんてい》モードに入《はい》ったしるしだわ。

3　次々《つぎつぎ》に送《おく》られてくる謎《なぞ》

私《わたし》たちはエスカレーターの真《ま》ん前《まえ》に立《た》っていた。でも、ここじゃ、通《とお》る人《ひと》のじゃまになるし、じっくり考《かんが》えることもできないから、近《ちか》くのベンチに移動《いどう》することにしたの。

で、ベンチに腰《こし》かけて五分《ふん》くらい悩《なや》んでたんだけど、月乃《つきの》ちゃんの口《くち》から答《こた》えはでてこなかった。

超特急推理《ちょうとっきゅうすいり》の月乃《つきの》ちゃんが、こんなに時間《じかん》をかけるなんてめずらしいわ。それだけむずかしい謎《なぞ》ってことなのかな?

「どう、わかりそうもない?」

「いいえ。この写真《しゃしん》の謎《なぞ》は、もう解《と》けてるわ。」

「へ、そうだったの? なら、早《はや》くほの香《か》ちゃんをむかえにいこうよ。」

答《こた》えがわかったのに、次《つぎ》の行動《こうどう》を起《お》こさないなんて変《へん》だわ。心臓《しんぞう》の調子《ちょうし》が悪《わる》くて動《うご》けないってわけでもなさそうだし……。

「そういうわけにはいかないの。というのも、この写真《しゃしん》だけで場所《ばしょ》を特定《とくてい》するのは無理《むり》だから。」

「ん……。それって、どういう意味《いみ》?」

「つまり、問題《もんだい》はまだ続《つづ》くのよ。あと何回《なんかい》か、メールが送《おく》られてきて、その謎《なぞ》を全部《ぜんぶ》解《と》いたとき、アキラの居場所《いばしょ》がわかるという仕組《しく》みなんだと思《おも》うわ。」

月乃《つきの》ちゃんの予想《よそう》はズバリ的中《てきちゅう》した。

そんな会話《かいわ》をしたすぐあとに、次《つぎ》のメールが届《とど》いたのよ。

私《わたし》はせっかちだから、できれば全部《ぜんぶ》まとめて送信《そうしん》してほしいんだけど、文句《もんく》をいうわけにはいかないしなあ。

「ねえ、今度《こんど》の写真《しゃしん》は、どんなのだった?」

「白《しろ》と黒《くろ》の碁石《ごいし》と、マージャン牌《パイ》みたいね……。」

「ふーん……。あっ! ここなら私《わたし》、知《し》ってるよ。」

それは、C《シー》デパートに入《はい》ってる大型雑貨店《おおがたざっかてん》のテーブルゲームのコーナーで撮《と》った写真《しゃしん》だった。トランプとかパズルとか手品《てじな》グッズとかをあつかっていて、私《わたし》もときどき買《か》いにいくんだ。

「そこに置《お》いてある、見本《みほん》の碁石《ごいし》とマージャン牌《パイ》を並《なら》べて撮影《さつえい》したのかしら。」

「だろうね。あそこは、とにかくいろんなゲームがそろってるから、何時間《なんじかん》いてもあきないんだ。」

だいぶ前《まえ》、友《とも》だち四人《にん》と見本《みほん》のすごろくで盛《も》りあがっちゃったことがある。気《き》がついたら、二時間《じかん》も遊《あそ》んでたのよ。

「でも、私《わたし》、マージャンって全然《ぜんぜん》わかんないの。この牌《パイ》って、棒《ぼう》の数《かず》と色《いろ》はちがうけど、模様《もよう》はどれも同《おな》じみたいね。」

牌《パイ》に描《えが》かれているのは、短《みじか》い棒《ぼう》みたいな絵《え》だった。ちなみに、棒《ぼう》の数《かず》は四本《ほん》と五本《ほん》と九本《ほん》の三種類《しゅるい》。それが、青《あお》と緑《みどり》と赤《あか》でわけられてる。

「それは、索子《ソーズ》といって竹《たけ》を表《あらわ》しているのよ。竹《たけ》の数《かず》は、そのまま数字《すうじ》を意味《いみ》してるわ。一索《イーソー》から九索《チューソー》まで九種類《しゅるい》あるけど、一索《イーソー》だけは竹《たけ》ではなく鳥《とり》の絵《え》が描《えが》かれるのがふつうね。」

と、すぐに答《こた》えてくれる月乃《つきの》ちゃん。

それにしても、ほんとにもの知《し》りだよね。マージャンにまでくわしい女子小学生《じょししょうがくせい》って、日本中探《にっぽんじゅうさが》してもそんなにいないと思《おも》うんだけど……。

「それと今回《こんかい》は、写真《しゃしん》だけじゃなくて、文章《ぶんしょう》もあるわ。」

月乃《つきの》ちゃんが画面《がめん》をスクロールさせたら、写真《しゃしん》の下《した》に、こんな文《ぶん》がついていた。

さっきの写真《しゃしん》の謎《なぞ》は解《と》けたか？
写真《しゃしん》は全部《ぜんぶ》で三枚送《まいおく》る。
すべての謎《なぞ》を解《と》けば、
ここがどこかわかるはずだ。

「んー。ってことは、もう一枚《まい》くるのか。」

「ええ。といって、ただ待《ま》っていてもしかたないから、そろそろ移動《いどう》しましょうか。」

月乃《つきの》ちゃんは、すずしい顔《かお》で立《た》ちあがる。このベンチは、さっきからエアコンが直撃《ちょくげき》してて、たしかに寒《さむ》いけど……って、そんなことが問題《もんだい》なんじゃないわ。

「ちょ、ちょっと待《ま》ってよ。謎《なぞ》を全部《ぜんぶ》解《と》かないと、アキラの居場所《いばしょ》はわからない、っていったのは月乃《つきの》ちゃんじゃない！」

「二枚《まい》の写真《しゃしん》で、大《おお》まかな場所《ばしょ》が特定《とくてい》できたの。最後《さいご》の一枚《まい》は、歩《ある》いているうちに送《おく》られてくるでしょう。」

うひゃ。さすが超高速《ちょうこうそく》の頭脳《ずのう》だわ。一枚《まい》めだけじゃなくて、二枚《まい》めの意味《いみ》も、もうわかっちゃってたんだ。

やっぱりアキラより、月乃《つきの》ちゃんのほうが何枚《なんまい》も上手《うわて》だった。

またまた彼女《かのじょ》の予想《よそう》どおり、B《ビー》デパートをでて、駅《えき》のコンコースを歩《ある》いているとちゅうに、最《さい》後《ご》の写真《しゃしん》が送《おく》られてくる。

私《わたし》たちは、メールを受信《じゅしん》したあと、人《ひと》の流《なが》れからはずれた壁《かべ》ぎわに移動《いどう》して、いよいよ正確《せいかく》な場所《ばしょ》の特定《とくてい》に取《と》りかかった。

「あら。今度《こんど》は、人《ひと》の写真《しゃしん》だわ。」

「へ。どれ、どれ、みせて。」

月乃《つきの》ちゃんのいうとおり三枚《まい》めの写真《しゃしん》には、人間《にんげん》が写《うつ》っていた。といっても、ほんものじゃなくて、壁《かべ》にはってあるポスターを正面《しょうめん》から撮影《さつえい》したらしい。

角刈《かくが》りで胸板《むないた》の厚《あつ》いおじさんが、スーツ姿《すがた》でガッツポーズをしている。背景《はいけい》には炎《ほのお》が燃《も》えさ

かっていて、おじさんの横《よこ》には、たて書《が》きで大《おお》きく「いかに勝《か》ちつづけるか」って書《か》かれてた。

「えーと、この人《ひと》は……。」

「レスリングの甘口将太《あまくちしょうた》さんよ。オリンピックのフリースタイル74キロ級《きゅう》に三大会連続《たいかいれんぞく》で出場《しゅつじょう》して、いずれも金《きん》メダルを獲得《かくとく》してるの。引退《いんたい》後《ご》は指導者《しどうしゃ》として活躍《かつやく》しているわ。」

歩《ある》く百科事典《ひゃっかじてん》の月乃《つきの》ちゃんは、スポーツの知《ち》識《しき》もバッチリ。格闘技《かくとうぎ》なら私《わたし》のほうがくわしいと思《おも》うかもしれないけど、私《わたし》は体《からだ》をきたえるばっかりで選手《せんしゅ》の記録《きろく》とかは覚《おぼ》えてないのよね。

「これは講演会《こうえんかい》の告知《こくち》ポスターね。小《ちい》さくてよくみえないけど、下《した》のほうに日《ひ》にちと会場《かいじょう》が書《か》かれているみたいだもの。」

「ふむふむ。で、写真《しゃしん》は三枚《まい》そろったじゃん。結局《けっきょく》、アキラはどこにいるの？」

私《わたし》たちのいるコンコースは、さっきまでとちがって暑《あつ》かったから、早《はや》く正解《せいかい》を知《し》りたくて、そうたずねた。

だって私《わたし》、こんなところで考《かんが》えてたら、答《こた》えがでるより先《さき》に、ゆでダコになっちゃいそうなんだもん。

「ひなちゃんたら、せっかちね。三枚《まい》めは、かなりの難問《なんもん》だから、かんたんにはわからないわ。」

「ふーん。月乃《つきの》ちゃんでもむずかしいのか。」

「ええ。これにもヒントがついてるから、ひなちゃんもいっしょに考《かんが》えてみて。」

といって、月乃《つきの》ちゃんがみせてくれたのは、こんな一文《いちぶん》だった。


真《ま》んなかから上《うえ》が重要《じゅうよう》だぞ。

「真《ま》んなかから上《うえ》ってことは、もしかして、ネクタイじゃない！」

甘口《あまくち》さんは、なんとペンギンの柄《がら》の真《ま》っ青《さお》なネクタイをしめていたの。ごつい顔《かお》に全然《ぜんぜん》似合《にあ》ってなくて、妙《みょう》に浮《う》いちゃってる。

まちがいなく、このかわいらしいネクタイが謎《なぞ》を解《と》くキーになるんだわ。

「でも、ネクタイは真《ま》んなかから上《うえ》というより、体《からだ》のほぼ中心《ちゅうしん》よね。」

「だからさ。ネクタイより上《うえ》ってことなんだよ。えーと、つまり、答《こた》えは首《くび》かな……。」

自分《じぶん》でいっといてなんだけど、まったく自信《じしん》がない。首《くび》って、さっぱり意味不明《いみふめい》だし……。

また変《へん》なこといって笑《わら》われちゃうかなあ、と思《おも》ったら、月乃《つきの》ちゃんは大《おお》きな瞳《ひとみ》をいつも以上《いじょう》にクリクリさせて、さけんだ。

「ひなちゃん、すごいわ！　それよ。」

「へ？　それってことは、首《くび》が正解《せいかい》なの？」

「いいえ。そうではないんだけど、ひなちゃんの考《かんが》えかたは正《ただ》しいの。」

むむむ。そんなこといわれると、よけいに混乱《こんらん》してくるよ。

んー。たぶん、これ以上《いじょう》はいくら悩《なや》んでも無理《むり》そうだわ。

「あのさ。ほの香《か》ちゃんも待《ま》ってると思《おも》うから、正解《せいかい》をきいちゃおっかな？」

「いいわ。三枚《まい》の写真《しゃしん》が指《さ》し示《しめ》す場所《ばしょ》に移動《いどう》しながら、話《はな》しましょうか。」

4　アキラの真《しん》の目的《もくてき》は？

「一枚《まい》めの写真《しゃしん》から順番《じゅんばん》に説明《せつめい》するわね。」

月乃《つきの》ちゃんは、小学校《しょうがっこう》の低学年《ていがくねん》の担任《たんにん》みたいに、やさしく微笑《ほほえ》みながらいう。

駅《えき》の周辺《しゅうへん》は人《ひと》も多《おお》いし、あちこちの店《みせ》から音楽《おんがく》とかアナウンスが鳴《な》りひびいているから、耳《みみ》に神経《しんけい》を集中《しゅうちゅう》させないと月乃《つきの》ちゃんの声《こえ》がきき取《と》れない。でも、そうすると、通行人《つうこうにん》や看板《かんばん》にぶつかっちゃうの。

そのふたつを同時《どうじ》にクリアするって、けっこう大変《たいへん》なんだ。

「まず、あの写真《しゃしん》にだけ文章《ぶんしょう》がなかったでしょう。じつは、それがポイントなの。」

「たしかに、二枚《まい》めと三枚《まい》めの写真《しゃしん》には本文《ほんぶん》があったわね。」

「写真《しゃしん》を三枚送《まいおく》るとか、それをヒントに謎《なぞ》を解《と》けとかいう説明《せつめい》は、一枚《まい》めの写真《しゃしん》といっしょに送《そう》信《しん》するのがふつうでしょう。そうじゃないと、なにをどうすればいいのか、わからないもの。」

いわれてみれば、そのとおりだ。

実際《じっさい》、私《わたし》は、本《ほん》の写真《しゃしん》をみて、本屋《ほんや》さんを探《さが》すんだ、って勘《かん》ちがいしちゃったもん。

「なんで、アキラは一枚《まい》めの写真《しゃしん》に文章《ぶんしょう》をつけなかったのかなあ。」

「あれは『つけなかった』んじゃなくて、『つけられなかった』のよ。」

「あ。ひょっとすると、ヒントをつけたら、かんたんすぎちゃうから、じゃない！」

私《わたし》は、ピンときて、そうさけんだんだけど……。

「ところが、そうじゃないの。文章《ぶんしょう》をつけられなかったのは、それが最大《さいだい》のヒントになっているからなのよ。」

「文《ぶん》がないのが、最大《さいだい》のヒント？　うーん。よくわかんないんだけど……。」

「本文《ほんぶん》がない、つまり『字《じ》がない』と解釈《かいしゃく》するの。そして、一枚《まい》めの写真《しゃしん》に写《うつ》っていたのは『百《ひゃっ》科事典《かじてん》』だったわよね。『百科事典《ひゃっかじてん》』から『じ』をぬくと……。」

「あー、わかったわ。『百貨店《ひゃっかてん》』、つまりデパートのことね。」

私《わたし》の頭《あたま》のなかにたれこめていた厚《あつ》い雲《くも》が一気《いっき》に吹《ふ》きとんだ。謎《なぞ》が解《と》けた瞬間《しゅんかん》って、砂漠《さばく》の真《ま》んなかで炭酸飲料《たんさんいんりょう》をのどに流《なが》しこんだみたいにスカッとするんだよねー。

といっても、まだ一枚《まい》めなんだけどさ。

「次《つぎ》に二枚《まい》めの写真《しゃしん》だけど、これはとても単純《たんじゅん》な連想《れんそう》ゲームよ。」

「碁石《ごいし》とマージャン牌《パイ》だったよね。このふたつに共通点《きょうつうてん》なんかあるっけ？　形《かたち》もちがうし、素材《そざい》も色《いろ》もちがうわ。」

私《わたし》は、思《おも》いっきり考《かんが》えこむ。月乃《つきの》ちゃんにとっては単純《たんじゅん》でも、私《わたし》には超難問《ちょうなんもん》だったりするからなあ。

「共通点《きょうつうてん》ではなくて、それぞれの特徴《とくちょう》を足《た》して考《かんが》えるの。碁石《ごいし》は白《しろ》と黒《くろ》で、マージャン牌《パイ》の索子《ソーズ》は竹《たけ》を表《あらわ》すでしょう。」

「あの……。白黒《しろくろ》と竹《たけ》って、も、もしかしてパンダ……。」

「そのとおりよ。」

わ。これは、ほんとにかんたんだ。こういうサービス問題《もんだい》は、自力《じりき》であてたかったなあ。

「百貨店《ひゃっかてん》、パンダときたら、目的地《もくてきち》は一か所《しょ》しかないわ。」

「うん。A《エー》デパートだね。ほの香《か》ちゃんが買《か》ったパンだまは、A《エー》デパートのオリジナルキャラクターだもん。」

月乃《つきの》ちゃんは、二枚《まい》めが送《おく》られてきた時点《じてん》で、「大《おお》まかな場所《ばしょ》が特定《とくてい》できたの。」っていってたけど、その意味《いみ》がようやくわかったわ。

しかも、このとき、私《わたし》たちは、ちょうどA《エー》デパートの前《まえ》までやってきていた。

「最後《さいご》の一枚《まい》は、A《エー》デパートのどこにアキラがいるのかを教《おし》えてくれるのよ。」

A《エー》デパートは、駐車場《ちゅうしゃじょう》や屋上《おくじょう》を除《のぞ》いても、地上《ちじょう》八階《かい》、地下《ちか》二階《かい》と、とんでもなく広《ひろ》い。だから、適当《てきとう》に探《さが》したんじゃ、ほの香《か》ちゃんはなかなかみつからないだろうな。

「ひなちゃんのセリフがなかったら、こんなに早《はや》く正解《せいかい》にたどりつけなかったと思《おも》うわ。」

「へへへ。ま、それは偶然《ぐうぜん》だけど、ほんとうの答《こた》えは、いったいなんなの？」

お昼《ひる》もだいぶすぎて、おなかがすいてきたから、早《はや》くほの香《か》ちゃんと合流《ごうりゅう》して食事《しょくじ》にしたいんだよね。

私《わたし》の気持《きも》ちは、月乃《つきの》ちゃんにも伝《つた》わったみたいで、すぐに謎解《なぞと》きに入《はい》ってくれた。

「まず、『真《ま》んなかから上《うえ》』というのはネクタイのことじゃないの。」

「ネクタイじゃないとすると、甘口《あまくち》さんのおへソとか。」

「イヤだわ。ひなちゃんたら……。」

推理《すいり》は大人《おとな》顔負《かおま》けなのに、おへソって言葉《ことば》くらいで顔《かお》を真《ま》っ赤《か》にする純情《じゅんじょう》な月乃《つきの》ちゃん。

そういうところがかわいいのよね。

「この写真《しゃしん》は、甘口《あまくち》さんではなくて、ポスターに書《か》かれている『いかに勝《か》ちつづけるか』という文字《もじ》が重要《じゅうよう》なの。」

「はあ……。」

「これは全部《ぜんぶ》で十文字《もじ》あるでしょう。真《ま》んなかから、ふたつにわけると、上《うえ》の部分《ぶぶん》は『いかに勝《か》ち』になるわよね。」

「うん。『イカに勝《か》ち』だから、答《こた》えはタコ?」

「ちがうわ。真《ま》んなかから上《うえ》というのは、ようするに下《した》から上《うえ》に読《よ》むって意味《いみ》なの。」

「下《した》から読《よ》むと、『ち勝《か》にかい』よね。えっと……、あーっ。『地下《ちか》二階《かい》』かー!」

最後《さいご》の謎《なぞ》が解《と》けた瞬間《しゅんかん》、私《わたし》は人目《ひとめ》も気《き》にせず絶叫《ぜっきょう》していた。

そのせいで、近《ちか》くにいた美容部員《びようぶいん》のお姉《ねえ》さんの手《て》もとがくるっちゃったらしくて、ジロッとにらまれたりして……。

とまあ、いろいろとめんどうな手順《てじゅん》をふんだけど、三枚《まい》の写真《しゃしん》の謎《なぞ》は、名探偵《めいたんてい》のあざやかな推《すい》理《り》で、すべて明《あき》らかになった。

助手《じょしゅ》の私《わたし》も、ちょっとは役《やく》に立《た》ったみたいだしね。

あとはアキラのいる地下《ちか》二階《かい》にいけばいいんだわ。そこで、だれが待《ま》ってるか楽《たの》しみだよ。

私《わたし》と月乃《つきの》ちゃんがエスカレーターを使《つか》って地《ち》下《か》二階《かい》の食料品《しょくりょうひん》売《う》り場《ば》におりると、カート置《お》き場《ば》のすぐわきに、ほの香《か》ちゃんが立《た》っていた。

「わー、ほんとにいるよ。」

「でも、彼女《かのじょ》のとなりにいるのは、だれかしら？」

ほの香《か》ちゃんと並《なら》んで立《た》っているのは、同《おな》じくらいの身長《しんちょう》の女《おんな》の子《こ》だった。

ジーンズにT《ティー》シャツっていうボーイッシュなファッションで、髪《かみ》も短《みじか》め。だけど、男《おとこ》の子《こ》にはみえないわ。

「あの人《ひと》がアキラかな？　てっきり男子《だんし》だとばかり思《おも》ってたけど、よく考《かんが》えると、アキラって女《おんな》の子《こ》の名前《なまえ》にもあるよね。」

「そうね……。」

といったわりに、なんとなく納得《なっとく》してない様子《ようす》の月乃《つきの》ちゃん。

ま、だけど、そんなことは、もうどうでもいっか。


「ふたりとも、ごめんね。」

ほの香《か》ちゃんは、私《わたし》と月乃《つきの》ちゃんの顔《かお》をみるなり、ボブにした髪《かみ》がはずむくらい思《おも》いっきり頭《あたま》をさげてあやまった。

でも、私《わたし》たちにみつけられて、ほっとしているみたい。

ってことは、謎《なぞ》を考《かんが》えたのは彼女《かのじょ》じゃなさそうだな。

「やっぱ、これってゲームだったの？」

「うん。うちはイヤだっていったんだけど、お姉《ねえ》ちゃんが……。」

そっか。となりにいるのは、ほの香《か》ちゃんのお姉《ねえ》ちゃんなんだ。そういわれてみると、目《め》とか顔《かお》の輪郭《りんかく》とかが似《に》てる気《き》がする。

「はじめまして。月乃《つきの》ちゃんと日向《ひなた》ちゃんね。」

ほの香《か》ちゃんとはちがって、お姉《ねえ》ちゃんは元気《げんき》で活発《かっぱつ》な感《かん》じ。肌《はだ》が日焼《ひや》けしてるから、もしかすると部活《ぶかつ》でスポーツをしているのかもしれないわ。

「こちらこそ、はじめまして……。ところで、お姉《ねえ》さんは『アリカ』さんという名前《なまえ》なんですか？」

月乃《つきの》ちゃんがあいさつもそこそこに、そうたずねた。

「え……。うち、ツッキーに、お姉《ねえ》ちゃんの名前《なまえ》なんて教《おし》えたことあったっけ？」

「いいえ。きいたことはないわ。」

「っていうか、月乃《つきの》ちゃん。女《おんな》の子《こ》で、アキラって名前《なまえ》でも変《へん》じゃないって話《はな》したばっかりじゃない。」

私《わたし》とほの香《か》ちゃんは、月乃《つきの》ちゃんの頭《あたま》の回転《かいてん》の速《はや》さについていけなくて、軽《かる》くパニックにおちいっていた。

「ええ。ただ、アキラがお姉《ねえ》さんの本名《ほんみょう》だとしたら、ほの香《か》ちゃんは自分《じぶん》でも気《き》づかないうちに口《くち》にしたり、手紙《てがみ》に書《か》いたりしている可能性《かのうせい》もあるでしょう。つまり、メールに署名《しょめい》した時点《じてん》で、ゲームを仕組《しく》んだのはお姉《ねえ》さんだ、ってことがバレてしまいかねないわ。そんな危険《きけん》をおかしてまで、わざわざ本名《ほんみょう》を書《か》く必要《ひつよう》があるとは思《おも》えなかったの。」

「あー、なるほど。」

「だから、アキラというのは、本名《ほんみょう》を変形《へんけい》させて作《つく》った名前《なまえ》じゃないかと推理《すいり》したのよ。」

「でもさ、アキラとアリカって、アしかあってないよ。アキコとかアキナだったら、まだわかるけど……。」

「アキラをローマ字《じ》に直《なお》すとＡ《ア》Ｋ《キ》Ｉ Ｒ《ラ》Ａよね。それをさらに反対《はんたい》から読《よ》むとＡ《ア》Ｒ《リ》Ｉ Ｋ《カ》Ａになるじゃない。これなら、ほの香《か》ちゃんの名前《なまえ》にも近《ちか》いわ。」

月乃《つきの》ちゃんは、写真《しゃしん》の謎《なぞ》を解《と》いただけじゃ満足《まんぞく》しなかったんだ。

こういうこまかいところまでみのがさずに真実《しんじつ》の光《ひかり》をあてちゃうのは、名探偵《めいたんてい》としての本能《ほんのう》なのかしらね。

「すごい。そこまで推理《すいり》されたら、文句《もんく》のつけようがないわ。うちの名前《なまえ》は、火渡《ひわたり》あり香《か》。妹《いもうと》ともども、よろしくね。」

あり香《か》さんは、カラッとした性格《せいかく》みたい。謎《なぞ》をすべてあばかれたのに、屈託《くったく》なく笑《わら》ってる。

っていうか、むしろウキウキしてる様子《ようす》だわ。

「月乃《つきの》ちゃんはミステリーマニアだってきいたから、ちょっとイタズラしたくなっちゃったの。悪気《わるぎ》はないからゆるしてね。」

「それはかまいませんけど、イタズラにしては手《て》がこんでいたような気《き》がするんです。たとえば、あのポスターを偶然《ぐうぜん》みつけて、それから問題《もんだい》を作《つく》るなんて、無理《むり》ではないでしょうか。」

そういわれてみると、そうだ。三つの謎《なぞ》だって、即興《そっきょう》で考《かんが》えたとは思《おも》えないくらいちゃんとしてたもん。

「うーん。やっぱ、変《へん》だと思《おも》った？」

あり香《か》さんは、そういったあと、ほの香《か》ちゃんにチラッと目配《めくば》せをする。

「でもね、月乃《つきの》ちゃんに謎《なぞ》を解《と》いてもらったほんとの理由《りゆう》は、まだいえないんだ。」

「え……。」

「それより、ふたりとも冬《ふゆ》になったら、うちらの家《いえ》に遊《あそ》びにおいでよ。ね、ほの香《か》？」

「うん。さっきね、ふたりとも『遊《あそ》びにいきたい。』って、いってくれたよ。」

「ほんと？　じゃ、約束《やくそく》ね。」

といって、両手《りょうて》の小指《こゆび》を立《た》てて、私《わたし》と月乃《つきの》ちゃんの目《め》の前《まえ》にさしだすあり香《か》さん。

「え。あ、はい……。」

私《わたし》も月乃《つきの》ちゃんも、あり香《か》さんの勢《いきお》いに圧倒《あっとう》されて思《おも》わず指《ゆび》きりをしちゃったけど、もしかすると、これって最初《さいしょ》から仕組《しく》まれた展開《てんかい》だったのかもなあ。

もちろん、月乃《つきの》ちゃんが見事《みごと》に謎《なぞ》を解《と》くことさえ予定《よてい》どおりだったのよ。

どうして、そんなふうに思《おも》ったかっていうと、私《わたし》と月乃《つきの》ちゃんは、それから約半年後《やくはんとしご》、ほんとうに、ほの香《か》ちゃんちへゆくことになったからなの。

名字《みょうじ》に「火《ひ》」という文字《もじ》が入《はい》った姉妹《しまい》のところで、今日《きょう》の何倍《なんばい》も不思議《ふしぎ》な謎《なぞ》にであうことになったんだけど、その話《はなし》は、またべつの機会《きかい》に紹介《しょうかい》するわね。

Case《ケース》 8

名探偵《めいたんてい》vs天才少年《てんさいしょうねん》？

1　モリケンを探《さが》せ！

充実《じゅうじつ》した夏休《なつやす》みがおわって二週間《しゅうかん》。

今週《こんしゅう》から、秋《あき》の運動会《うんどうかい》の準備《じゅんび》が本格的《ほんかくてき》にはじまった。

南風小学校《みなみかぜしょうがっこう》の運動会《うんどうかい》は、学年《がくねん》をたてに割《わ》って、赤《あか》、青《あお》、黄《き》、緑《みどり》の四組《くみ》にわけるの。つまり、各《かく》学年《がくねん》の一組《くみ》が赤《あか》、二組《くみ》が青《あお》って感《かん》じになるんだ。ちなみに、私《わたし》たち五年《ねん》三組《くみ》は、「空《そら》を切《き》り裂《さ》く稲妻《いなずま》」黄色組《きいろぐみ》よ。

低学年《ていがくねん》のときは、自分《じぶん》たちが出場《しゅつじょう》する種目《しゅもく》だけをがんばればよかったけど、高学年《こうがくねん》になると、それとはべつにいろいろな係《かかり》をまかされる。下級生《かきゅうせい》のめんどうをみたり、用具《ようぐ》を準備《じゅんび》したり、放《ほう》送《そう》を担当《たんとう》したりね。

そのなかで、私《わたし》がいちばんやりたかったのは、運動会《うんどうかい》の花形《はながた》「応援団《おうえんだん》」。

とにかく目立《めだ》つし、かっこいいんだもん。

でも、残念《ざんねん》ながら、応援団《おうえんだん》は六年生《ねんせい》の担当《たんとう》なの……。

ま、楽《たの》しみは来年《らいねん》に取《と》っておくことにして、今年《ことし》は応援《おうえん》に使《つか》う横断幕《おうだんまく》を作《つく》ることにした。強《つよ》そうな文句《もんく》を考《かんが》えて、おしゃれなデザインにしたら、当日《とうじつ》は応援団《おうえんだん》より人目《ひとめ》をひくかもしれないから、がんばらなくっちゃね。

で、さっそく、今日《きょう》の放課後《ほうかご》から、クラスメイト四人《にん》と作業《さぎょう》に入《はい》る予定《よてい》なんだ。

「まったく、男子《だんし》はどこにいったのかしら？」

私《わたし》は、教室《きょうしつ》の時計《とけい》をじっとにらみつける。

六時間目《じかんめ》の授業《じゅぎょう》がおわったあと、横断幕《おうだんまく》の係《かかり》の人《ひと》は三時半《じはん》に教室《きょうしつ》に集合《しゅうごう》、って約束《やくそく》だったんだけど、時間《じかん》をすぎても男子《だんし》ふたりが現《あらわ》れなかった。

正直《しょうじき》いうと、べつに女子《じょし》だけでも横断幕《おうだんまく》は作《つく》れる。っていうか、むしろ男子《だんし》がいないほうがスムーズに作業《さぎょう》が進《すす》むと思《おも》うわ。

だけど、男《おとこ》ぬきで作《つく》ると、あとで絶対《ぜったい》に文句《もんく》をいうやつがでてくるのよ。「力強《ちからづよ》さがたりない。」とか、「迫力不足《はくりょくぶそく》だ。」とかね。

だから、役《やく》に立《た》とうと立《た》つまいと、男子《だんし》にはいてもらわないとこまるわけ。

「ふたりとも、きっと約束《やくそく》を忘《わす》れちゃったのよ。」

キョンちゃんこと高瀬香子《たかせきょうこ》ちゃんがニコニコしながらいう。

彼女《かのじょ》は、ぽっちゃりとした体型《たいけい》どおり、のんびりとした性格《せいかく》で、遅刻《ちこく》くらいじゃイライラしないんだ。

それはキョンちゃんの長所《ちょうしょ》でもあるんだけど、今日《きょう》ばっかりは余裕《よゆう》をもっていられないよ。

「ちなみに、片本《かたもと》くんなら、あそこにいるわ。」

月乃《つきの》ちゃんが少《すこ》しもあわてず、窓《まど》の外《そと》を指《ゆび》さす。

そう。女子《じょし》の横断幕製作係《おうだんまくせいさくがかり》は、私《わたし》と月乃《つきの》ちゃんとキョンちゃんの三人《にん》で、男子《だんし》のひとりは片本《かたもと》友貴《ともたか》くんなの。

「あー。やっぱり、そうか。」

私《わたし》とキョンちゃんが窓《まど》から校庭《こうてい》をのぞくと、夢中《むちゅう》でサッカーボールを追《お》いかけている彼《かれ》の姿《すがた》があった。

私《わたし》の幼《おさな》なじみの片本《かたもと》くんは、バカがつくほどのサッカー好《ず》きで、少《すこ》しでも時間《じかん》があると、外《そと》にでてボールをけっている。

雨《あめ》がふったあとでも平気《へいき》でサッカーをするから、全身《ぜんしん》どろだらけになって、担任《たんにん》の西村寛子《にしむらひろこ》先生《せんせい》によく怒《おこ》られるの。

何度《なんど》注意《ちゅうい》されても、本人《ほんにん》はやめる気《き》がない、っていうか、「サッカーは雨《あめ》がふろうが、雪《ゆき》がふろうが、中止《ちゅうし》にならないスポーツなんだ！」とか、わけわかんないこといってるし……。

そんな子《こ》どもみたいな男《おとこ》の子《こ》なのに、女子《じょし》には人気《にんき》があるのよね。

たしかに、ルックスは悪《わる》くないし、サッカーはうまいし、熱血漢《ねっけつかん》でもあるから、ときめいちゃう女《おんな》の子《こ》がいてもおかしくはないと思《おも》うけどさ。

「私《わたし》、呼《よ》んでくるよ。片本《かたもと》くんって、サッカーしてるときは、日本《にっぽん》の首都《しゅと》がどこかさえ忘《わす》れちゃう人《ひと》なんだから。」

私《わたし》が教室《きょうしつ》を飛《と》びだしてゆこうと思《おも》ったら、キョンちゃんがぽつりといった。

「それはいいけど、モリケンはどうしましょうか？」

約束《やくそく》を守《まも》らないもうひとりの男子《だんし》が、モリケンこと森口研二《もりぐちけんじ》くん。

こいつは根《ね》っからのお調子者《ちょうしもの》で、しかも協調性《きょうちょうせい》がほとんどない。あっちにフラフラ、こっちにフラフラしてて、つかみどころがないの。

「ねえ、月乃《つきの》ちゃん。モリケンの居場所《いばしょ》を推理《すいり》できる？」

「あの人《ひと》の行動《こうどう》だけは予測不可能《よそくふかのう》よ……。」

まー、たしかにモリケンは、常識《じょうしき》では考《かんが》えられないことをしょっちゅうして、クラスのみんなをおどろかせてるからなあ。

プールのなかで眠《ねむ》ってておぼれそうになったり、夏休《なつやす》みの宿題《しゅくだい》で小《しょう》二の妹《いもうと》のドリルをやっちゃって、しかも全然気《ぜんぜんき》づかず堂々《どうどう》と提出《ていしゅつ》したり……。

名探偵《めいたんてい》の想像《そうぞう》をも軽《かる》く飛《と》びこえるって意味《いみ》では、月乃《つきの》ちゃんの最大《さいだい》のライバルかもしれないよ。

「たしかに、モリケンは神出鬼没《しんしゅつきぼつ》だから、探《さが》しようがないか。あんがい、もう家《いえ》に帰《かえ》っちゃったかもしれないしね。」

「そうね。まさか、夜中《よなか》の三時半《じはん》にやってくることはないと思《おも》うけど……。」

キョンちゃんがそんな心配《しんぱい》をするのは、今年《ことし》の夏休《なつやす》みのモリケン伝説《でんせつ》のせいなの。

五年二組《ねんくみ》の津村《つむら》くんと近所《きんじょ》の花火大会《はなびたいかい》にいく約束《やくそく》をして五時《じ》に待《ま》ちあわせたら、モリケンは、なんと朝《あさ》の五時《じ》に津村《つむら》くんちにやってきたらしいんだ。

冗談《じょうだん》だと思《おも》ったらマジだったから、明《あ》け方《がた》にたたき起《お》こされた津村《つむら》くんは、文句《もんく》もいえず、玄《げん》関《かん》で呆然《ぼうぜん》と立《た》ちつくしちゃったんだって。

「ま、とにかく、私《わたし》は片本《かたもと》くんを連《つ》れてくるよ。」

「それじゃ、私《わたし》とキョンちゃんは、材料《ざいりょう》と道具《どうぐ》を用意《ようい》しておくわ。」

横断幕《おうだんまく》を作《つく》るための絵《え》の具《ぐ》セットと古新聞《ふるしんぶん》は自分《じぶん》たちのを使《つか》うんだけど、ロール紙《し》やマーカーペンは、職員室《しょくいんしつ》にいる西村先生《にしむらせんせい》に借《か》りてこないといけないんだ。

「オッケー。それじゃ、またあとで会《あ》おう。」

2 飛《と》び入《い》り参加《さんか》の快速《かいそく》サイドアタッカー

私《わたし》は、月乃《つきの》ちゃんたちとわかれると、真《ま》っすぐに西棟《にしとう》の昇降口《しょうこうぐち》に向《む》かった。ここで靴《くつ》にはきかえて、外《そと》へでるの。

このときは、サッカーボールとゴールしか目《め》に入《はい》っていない片本《かたもと》くんを、どうやって現実《げんじつ》に引《ひ》きもどすか、ってことしか頭《あたま》になかったんだけど、なんと、そこでモリケンをみつけた。

まわりでウロチョロされるとうっとうしいのに、いざ探《さが》すとなると、なかなかみつからないモリケンが、こんなに早《はや》く出現《しゅつげん》するなんてラッキーだわ。

といっても、彼《かれ》のほうは私《わたし》に気《き》づかず、体育館《たいいくかん》のほうへ一目散《いちもくさん》に走《はし》ってゆくところだった。

「モリケン！」

私《わたし》がさけぶと、モリケンは走《はし》りながら、うしろをふりむく。で、そのままスピードをゆるめず、渡《わた》り廊下《ろうか》の屋根《やね》を支《ささ》えている柱《はしら》に激突《げきとつ》した。

あ、あの……、ふりむく前《まえ》に、まずは止《と》まらないと……。

「痛《いて》てて。なんだよん、朝丘《あさおか》。」

「なんだよん、じゃないわよ。今日《きょう》の放課後《ほうかご》、運動会《うんどうかい》の横断幕《おうだんまく》を作《つく》るから教室《きょうしつ》に集《あつ》まれ、っていったでしょう。どうせ忘《わす》れてたんでしょうけど、あんたがこないと作業《さぎょう》がはじまらないのよ。」

「忘《わす》れてなんかないよーん。でも、いま、いそがしいんだよん。用事《ようじ》がすんだら必《かなら》ずいくから、ちょっと待《ま》っててよん。」

モリケンは、ぶつけた後頭部《こうとうぶ》をさすりながらいう。

「ほんと？　絶対《ぜったい》くるわね？」

「うん。ぼくがウソをついたこと、あるかい？」

そういえば、モリケンは、宿題《しゅくだい》を忘《わす》れたときも、ふざけててしかられたときも、いいわけしたり、人《ひと》のせいにしたことなんか一度《いちど》もなかった。

みんなは、ニコニコしながら先生《せんせい》に怒《おこ》られるモリケンのことをバカにするけど、ウソつきやひきょう者《もの》より何倍《なんばい》もマシだよ。

だから、彼《かれ》を嫌《きら》う人《ひと》はほとんどいないんだ。

「それよりさ、朝丘《あさおか》。ロープはどこにあるかなあ?」

「ロープ?」

「うん。あとで文句《もんく》がでないように平等《びょうどう》にしないとね。」

???ロープなんかをいったいなにに使《つか》うのかはきくだけムダだわ。どうせ、私《わたし》には理解不《りかいふ》能《のう》な理由《りゆう》しか返《かえ》ってこないもん。

「なるべく長《なが》くて、じょうぶなのがほしいんだよん。」

「んー。それなら、たしか体育用具室《たいいくようぐしつ》にあったと思《おも》うけど……。」

体育用具室《たいいくようぐしつ》っていうのは、校庭《こうてい》のすみにあるプレハブの建物《たてもの》のこと。体育《たいいく》の授業《じゅぎょう》で使《つか》う各種《かくしゅ》ボールやバトン、綱引《つなひ》きの綱《つな》、ラインカーなんかが置《お》いてあるの。

「あー、そっかー。サンキュー。」

といって、さっきとは逆《ぎゃく》、つまり私《わたし》の目指《めざ》しているのと同《おな》じ方向《ほうこう》に走《はし》りだそうとするモリケン。

「ダメよ。あそこはカギがかかってるもん。」

「ん?」

「なかのものを使《つか》いたいなら職員室《しょくいんしつ》にいって、西村先生《にしむらせんせい》に話《はな》してみなさいよ。きっと、用具室《ようぐしつ》のカギを貸《か》してくれるわ。」

モリケンとわかれて校庭《こうてい》へゆくと、サッカーをしている男子《だんし》の集団《しゅうだん》がいた。片本《かたもと》くんは、そのなかのだれよりも目立《めだ》っている。ボールはほとんど彼《かれ》がキープしていて、そのまわりに人《ひと》がむらがってる感《かん》じだった。

問題《もんだい》は、どうやってあのなかに入《はい》っていくか、よね。

目《め》つきはみんな真剣《しんけん》だから、のんびり歩《ある》いて近《ちか》づいたら、はじき飛《と》ばされちゃいそう。かといって、遠《とお》くから名前《なまえ》を呼《よ》んだんじゃ、サッカーに夢中《むちゅう》の片本《かたもと》くんは気《き》がつかないだろうな。

ふつうの女子《じょし》なら、ここでとほうにくれるかもしれないけど、私《わたし》の体中《からだじゅう》の血液《けつえき》は、逆《ぎゃく》に熱《あつ》く沸《わ》きたちはじめた。全身運動神経《ぜんしんうんどうしんけい》の私《わたし》は、スポーツしてる人《ひと》をみると、じっとしていられなくなるのよ。

気《き》がつくと、私《わたし》は全速力《ぜんそくりょく》でグラウンドに走《はし》りこんで、こうさけんでいた。

「左《ひだり》サイド！　左《ひだり》サイド！」

その声《こえ》に反応《はんのう》した片本《かたもと》くんは、私《わたし》に背《せ》を向《む》けたまま、左《ひだり》にぽっかりあいたスペースへパスをだす。

私《わたし》は、手前《てまえ》にいたディフェンダーをあっというまにぬきさると、ノートラップで矢《や》のようなクロスをあげた。もちろん、ゴール前《まえ》に走《はし》りこんでくる片本《かたもと》くんをピンポイントでねらったのよ。

「南風FC《みなみかぜエフシー》」のエースストライカーは、期待《きたい》どおりクロスをきっちり頭《あたま》であわせ、豪快《ごうかい》にゴールネットをゆらした。

一瞬《いっしゅん》すべての選手《せんしゅ》の動《うご》きが止《と》まる。

ひと呼吸《こきゅう》おいたあと、チームメイトからは歓声《かんせい》があがり、相手《あいて》チームの選手《せんしゅ》からはため息《いき》がもれた。

ああ。これが、スポーツをしていて、いちばん気持《きも》ちいい瞬間《しゅんかん》なのよね。

「おー。いまの朝丘《あさおか》か。なんで、あいつが……っていうか、すげークロスだったな。」

「ああ。まるで何度《なんど》も練習《れんしゅう》したみたいに完璧《かんぺき》なコンビネーションだぜ。」

みんなは、突然現《とつぜんあらわ》れた私《わたし》のプレイにおどろいていた。ほんとうの試合《しあい》だったら、もちろんルール違反《いはん》だけど、いまは遊《あそ》びだから怒《おこ》る人《ひと》なんていないわ。

「なあ、朝丘《あさおか》。やっぱ、おまえ、うちのチームに入《はい》れよ。すぐレギュラーになれるぜ。」

片本《かたもと》くんが軽《かる》くリフティングしながら、私《わたし》のところにやってくる。

ね。こうすれば、彼《かれ》と話《はなし》ができるでしょ。

「それは無理《むり》だってば。私《わたし》の恋人《こいびと》は空手《からて》なんだもん。」

「空手《からて》じゃ、おまえの足《あし》の速《はや》さと、クロスの正確《せいかく》さはいきないだろ。」

「逆《ぎゃく》に、サッカーで空手《からて》の技《わざ》を使《つか》っちゃうかもよ。そしたら、レッドカードで一発退場《いっぱつたいじょう》だわ。」

と、私《わたし》がいうと、まわりにいた男子《だんし》たちがいっせいにうなずく。

「朝丘《あさおか》は、怒《おこ》らせれば勝手《かって》に退場《たいじょう》してくれるから、相手《あいて》チームにしてみたら楽《らく》だな。」

「けど、だれが犠牲《ぎせい》になるんだよ。サッカーやってて、うしろ回《まわ》し蹴《げ》りをくらうのはイヤだぜ。」

「うーむ、たしかに。入院《にゅういん》でもしたらシャレにならないしな。」

「てか、そんな凶暴《きょうぼう》なやつがいたら、どこのチームも怖《こわ》がって対戦《たいせん》してくれなくなるだろ。」

「はははは。そりゃ、そうだ。」

「あんたたち、遺言《ゆいごん》があったらきいておくわよ。」

私《わたし》が、そういって空手《からて》の構《かま》えをとったとたん、悪口《わるくち》をいってた男子《だんし》たちは、クモの子《こ》を散《ち》らすように逃《に》げてっちゃった……。まったく、だらしないやつらね。

「そんなことより、片本《かたもと》くん。今日《きょう》は横断幕《おうだんまく》を作《つく》る日《ひ》だって知《し》ってた？」

「あ……。そうだっけ?」

「女子《じょし》は、もう全員集《ぜんいんあつ》まってるのよ。」

「悪《わり》ぃ悪《わり》ぃ。すっかり忘《わす》れてた。」

片本《かたもと》くんは、体中《からだじゅう》から汗《あせ》をしたたらせている。私《わたし》もちょっと動《うご》いただけなのに、額《ひたい》から汗《あせ》が流《なが》れてきていた。

九月《がつ》といっても、まだまだ日差《ひざ》しは強《つよ》いし、校庭《こうてい》に校舎《こうしゃ》の影《かげ》はのびていない。こんなところで、水分《すいぶん》もとらずにはげしい運動《うんどう》を続《つづ》けてたら、体《からだ》に毒《どく》だわ。

「とにかく、顔《かお》を洗《あら》って、水《みず》を飲《の》んだら、すぐ教室《きょうしつ》にもどってきてよ。」

「ああ、わかったよ。ところで、男子《だんし》は、おれとだれだっけ?」

「もうひとりはね、モリケンなのよ。」

私《わたし》の顔《かお》は、悪魔《あくま》の名前《なまえ》をつげるときみたいに、こわばっていたかもしれない。

「あれ? あいつなら、さっき、そこにいたぜ。」

「へ?」

「えっと。たしか、あのフェンスのあたりを歩《ある》いていたな。」

といって、校庭《こうてい》の端《はし》っこを指《ゆび》さす片本《かたもと》くん。

「いつもなら、飛《と》びはねるっていうか、おどりながら歩《ある》いてるような感《かん》じだろ。でも、さっきは、うつむきながら、ゆっくり歩《ある》いてたんだ。しかも、思《おも》いつめたような表情《ひょうじょう》で、なんだかブツブツいってるみたいだったな。」

片本《かたもと》くんは、不思議《ふしぎ》そうに首《くび》をひねる。

たしかに、ふだんの底《そこ》ぬけに明《あか》るいモリケンからは、想像《そうぞう》できないけど……。

「私《わたし》には、あとで必《かなら》ずいくって約束《やくそく》をしてくれたんだ。なにがあったかわかんないけど、信《しん》じて待《ま》ってみるよ。」

3 死《し》を選《えら》んだ少年《しょうねん》

教室《きょうしつ》にもどると、キョンちゃんと月乃《つきの》ちゃんが待《ま》っていた。ロール紙《し》やマーカーペンはもちろん、鉛筆《えんぴつ》、定規《じょうぎ》、絵《え》の具《ぐ》セット、古新聞《ふるしんぶん》、雑巾《ぞうきん》まで、ちゃんと用意《ようい》してあるわ。

ふたりは、こまかいところまでよく気《き》がつくから、ほんと助《たす》かっちゃう。

それにひきかえモリケンのやつは、まだきていないみたい。

「片本《かたもと》くんは、すぐくるってさ。モリケンにも会《あ》ったんだけど、なんかいま、いそがしいとかで、少《すこ》し遅《おく》れるらしいよ。」

「あら。私《わたし》もモリケンに会《あ》ったのよ。月乃《つきの》ちゃんもよね。」

「ええ。ものすごい勢《いきお》いで図工室《ずこうしつ》に走《はし》りこんできたわ。」

まさかキョンちゃんや月乃《つきの》ちゃんまで、モリケンと遭遇《そうぐう》してたとは思《おも》わなかったな。

あいつ、体育用具室《たいいくようぐしつ》にいくはずじゃなかったのかしら？

「で、なんかいってた？」

「私《わたし》は、職員室《しょくいんしつ》で会《あ》ったの。西村先生《にしむらせんせい》からロール紙《し》を受《う》けとってたら、モリケンが走《はし》ってきたのよ。」

キョンちゃんが、目《め》をパチクリさせる。まるで、いま、目《め》の前《まえ》にモリケンがいるみたいに、びっくりした表情《ひょうじょう》だ。

と、このとき、片本《かたもと》くんが教室《きょうしつ》に入《はい》ってきた。

頭《あたま》から水《みず》をあびたらしくて、髪《かみ》の毛《け》からは水滴《すいてき》がボタボタたれている。こんな状態《じょうたい》で横断幕《おうだんまく》を作《つく》ったら、紙《かみ》がぬれちゃうよ。

「お。モリケンは、まだか？」

「いま、その話《はなし》をしてたとこなの。モリケンがくるまでに、髪《かみ》をかわかしといてよ。」

「ああ、これか。おれ、タオルなんてもってねえからな。」

といって、はげしく首《くび》をふる片本《かたもと》くん。

わー。そんなことしたら、私《わたし》たちに水《みず》がかかっちゃうじゃない。まったく、あんたはイヌか！

「んもお。キョンちゃん。続《つづ》きを話《はな》してくれる？」

「あ、うん。えーと、モリケンは、西村先生《にしむらせんせい》からカギを借《か》りたあと、私《わたし》に向《む》かって、『用事《ようじ》がすんだら、教室《きょうしつ》にいくよん。』っていったの。」

そのあとのキョンちゃんとのやり取《と》りは、こんな感《かん》じだったらしいよ。


「ねえ、宵宮《よみや》も横断幕《おうだんまく》の係《かかり》だったよね？」

「ええ。月乃《つきの》ちゃんなら図工室《ずこうしつ》よ。マーカーペンは、そっちにあるっていうから、取《と》りにいってもらったの。」

「ふーん。あいつならわかるかな。となると、ああ、ブルーだな……。ちくしょう、あいつら。」

「な、なに、最後《さいご》のセリフは？　『ちくしょう、あいつら。』なんて、モリケンっぽくないよ。」

「私《わたし》も気《き》になったから、きき返《かえ》そうと思《おも》ったら、もうその場《ば》にいなかったの。すぐに、月乃《つきの》ちゃんのところに向《む》かっちゃったみたいなのよね。」

月乃《つきの》ちゃんの居場所《いばしょ》をたずねたモリケンは、そのまま図工室《ずこうしつ》に走《はし》っていった。

今度《こんど》は、そこで、こんな会話《かいわ》があったんだって。


「あら、森口《もりぐち》くん。ちょうど、あなたのことを探《さが》してたのよ。」

「うん。知《し》ってるよん。それよりさ、宵宮《よみや》。高《たか》いところのものを取《と》ったりするとき、乗《の》る台《だい》のことをなんていうんだっけ？」

「脚立《きゃたつ》かしら？」

「ちがうよん。木《き》でできてて、横《よこ》に穴《あな》があいてるやつ。おばあちゃんちにもあったし、テレビの時代劇《じだいげき》とかにも、ときどきでてくるんだけどな。」

「ああ、踏《ふ》み台《だい》のことね。」

「あー、それだよーん。あれって、なんていう形《かたち》だ？」

「四隅《よすみ》が中央《ちゅうおう》に向《む》かって傾斜《けいしゃ》している形《かたち》。つまり四角錐台状《しかくすいだいじょう》のものを『四方転《しほうころ》び』と呼《よ》ぶわね。」

「んー。そんなむずかしい名前《なまえ》じゃなくてさ。横《よこ》からみたときの形《かたち》だよん。」

「横《よこ》からみた、ってことは二次元《にじげん》にするってこと？　それなら、台形《だいけい》になるわ。」

「うん。それだよ、それ。じゃあな。」

モリケンは、そういって風《かぜ》のように去《さ》っていったらしいわ。


と、まあ、これがモリケン目撃情報《もくげきじょうほう》のすべてだけど、さすがに謎《なぞ》の人物《じんぶつ》だけあって、なにをしてるのか、さっぱりわからない。

私《わたし》たち四人《にん》は、むし暑《あつ》い教室《きょうしつ》で、モリケンを待《ま》ちながら、あれこれ考《かんが》えた。

「私《わたし》、学校《がっこう》の平面図《へいめんず》をもってるの。」

唐突《とうとつ》にキョンちゃんがクリアファイルをもってきた。そのなかから紙《かみ》を一枚取《まいと》りだして、机《つくえ》の上《うえ》に広《ひろ》げる。

そこには南風小学校《みなみかぜしょうがっこう》の平面図《へいめんず》が描《えが》かれていた。

「ん。これがどうしたの？」

「もしかすると、モリケンは、ロープで西棟《にしとう》と東棟《ひがしとう》の屋上《おくじょう》をつなごうとしているんじゃないか、と思《おも》って……。」

と、キョンちゃんは、自信《じしん》のなさそうな声《こえ》でいう。

「それって、なんのために？」

「よくわからないいんだけど、綱渡《つなわた》りとか……。」

「んー。さすがにそれはどうかなあ。危険《きけん》なわりに、意味《いみ》がよくわかんないよ。」

「そ、そうよね。サーカスの団員《だんいん》じゃないんだから、落《お》ちたら死《し》んじゃうわよね。いまのは忘《わす》れて。」

キョンちゃんは、両手《りょうて》をバタバタとふりながら、すぐに自分《じぶん》の説《せつ》を引《ひ》っこめる。

ちなみに、サーカスの団員《だんいん》でも、屋上《おくじょう》の高《たか》さから落《お》ちたら死《し》にます。

「それより、みんながモリケンと会《あ》った場所《ばしょ》に意味《いみ》があるんじゃねえか。えっと、朝丘《あさおか》は、どこであいつをみつけたんだっけ。」

今度《こんど》は、片本探偵《かたもとたんてい》の番《ばん》ね。

彼《かれ》は、モリケンの目撃地点《もくげきちてん》を確認《かくにん》しながら、平面図《へいめんず》に★印《じるし》をつけていった。

目《め》つきはメチャクチャ真剣《しんけん》だけど、私《わたし》と同《おな》じで頭《あたま》を使《つか》うのが苦手《にがて》な片本《かたもと》くんのことだから、あんまりあてにならない。

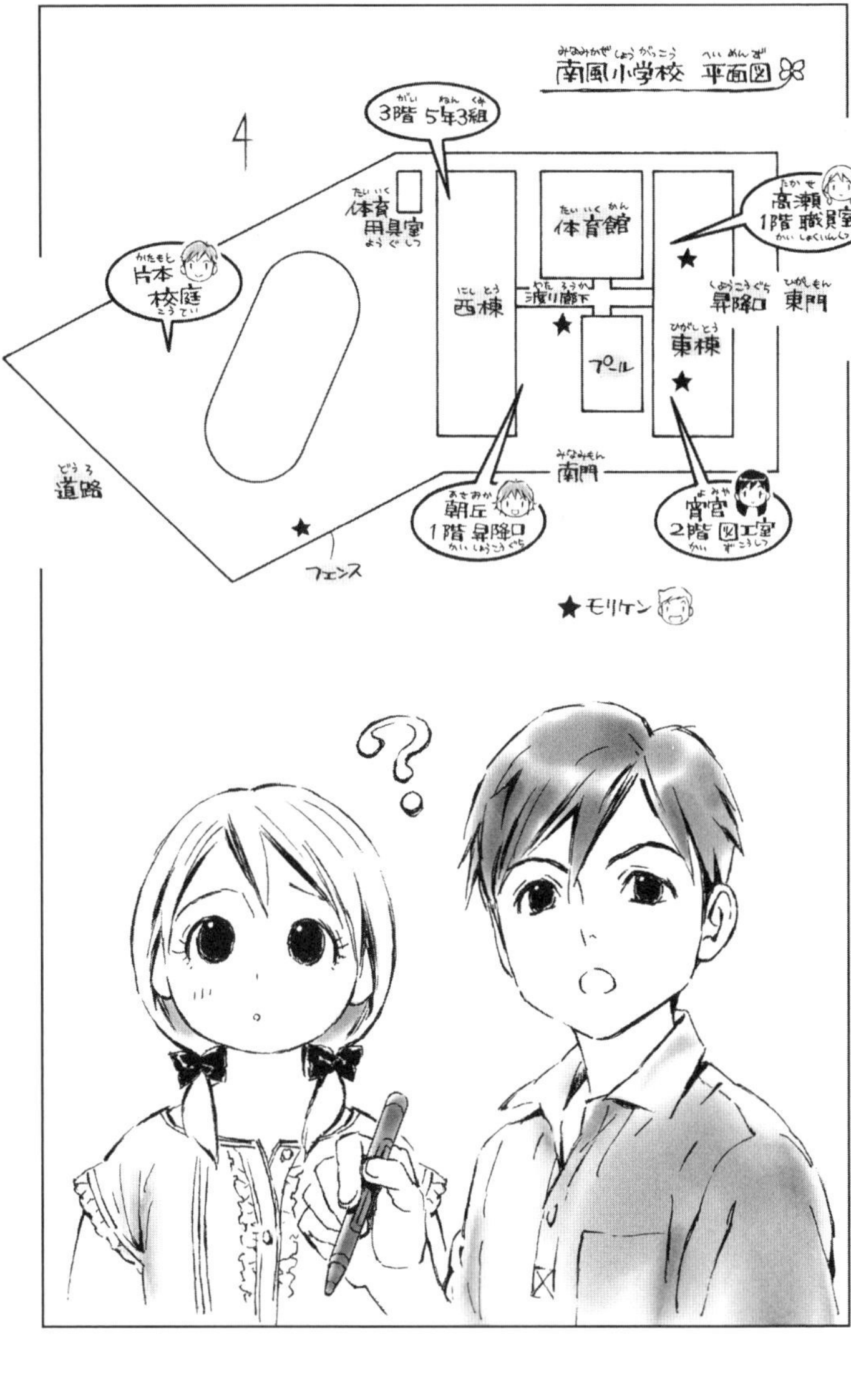
4
南風小学校《みなみかぜしょうがっこう》 平面図《へいめんず》
3階《がい》 5年《ねん》3組《くみ》
体育《たいいく》用具室《ようぐしつ》
体育館《たいいくかん》
高瀬《たかせ》
1階《かい》 職員室《しょくいんしつ》
片本《かたもと》
校庭《こうてい》
西棟《にしとう》
渡《わた》り廊下《ろうか》
昇降口《しょうこうぐち》 東門《ひがしもん》
東棟《ひがしとう》
プール
道路《どうろ》
南門《みなみもん》
朝丘《あさおか》
1階《かい》 昇降口《しょうこうぐち》
宵宮《よみや》
2階《かい》 図工室《ずこうしつ》
フェンス
★モリケン

「この四か所《しょ》をロープでむすぶんだよ。すると、えーと、ヒシャクの形《かたち》になるだろ。」

「それがなに？　っていうか、私《わたし》がモリケンに会《あ》ったのは偶然《ぐうぜん》だし、月乃《つきの》ちゃんが図工室《ずこうしつ》にいたのだって、たまたまなんだよ。」

「ひなちゃんのいうとおりね。私《わたし》がもし音楽室《おんがくしつ》にいたら、森口《もりぐち》くんはそこにきてたでしょうから。」

なんだか妙《みょう》に自信《じしん》たっぷりだった片本《かたもと》くんの推理《すいり》は、私《わたし》と月乃《つきの》ちゃんのつっこみで、一瞬《いっしゅん》にしてくずれちゃう。

それに腹《はら》を立《た》てたのか、彼《かれ》はムッとした顔《かお》で、私《わたし》につっかかってきた。

「朝丘《あさおか》。おまえ、さっきから文句《もんく》ばっかりいってるけど、少《すこ》しは自分《じぶん》でも考《かんが》えろよ。」

「いわれなくったって、ちゃんと考《かんが》えてるわよ。ただ、すごくイヤな予感《よかん》がするから口《くち》にだせなくて……。」

「なんだよ。もったいぶってないで、早《はや》く話《はな》せってば。」

暗《くら》い表情《ひょうじょう》の私《わたし》をみても、片本《かたもと》くんはまったく気《き》にする様子《ようす》もなく、先《さき》をせかした。

ほんと、女心《おんなごころ》のわからないやつだわ。

「じゃ、いうけど、モリケンは校庭《こうてい》をひとりで、しょんぼりしながら歩《ある》いてたのよね。しかも、キョンちゃんには、はっきり『ブルーだな……。』っていったのよ。」

「ブルーっていうのは、ゆううつって意味《いみ》よねー。」

と、キョンちゃんがひとりごとのようにつぶやく。

「そうなの。私《わたし》、ロープは体育用具室《たいいくようぐしつ》に置《お》いてあるとかいっちゃったけど、いまは後悔《こうかい》してるんだ。だって、あそこはめったに人《ひと》もこないし、移動式《いどうしき》のバスケットゴールもあるから、ロープをつるすことができるんだもん。」

「ん。ロープをつるす？」

その言葉《ことば》に、ビクッと反応《はんのう》する片本《かたもと》くん。

「そして、月乃《つきの》ちゃんには、踏《ふ》み台《だい》のことをたずねたの……。となると、次《つぎ》になにをするか、わかるわよね。」

「お、おい。まさか！」

「ひなちゃん！」

片本《かたもと》くんとキョンちゃんは同時《どうじ》に気《き》がついたみたいで、悲鳴《ひめい》のような声《こえ》をあげる。

「ああみえて、モリケンには、だれにも相談《そうだん》できない深《ふか》い悩《なや》みがあったのよ。『ちくしょう、あいつら。』ってセリフから推理《すいり》すると、だれかにいじめられていたのかもしれないわ。それで、輪《わ》にしたロープをつるして、踏《ふ》み台《だい》に乗《の》ることを決心《けっしん》したのね。」

「そういわれてみると、最近《さいきん》、少《すこ》し元気《げんき》がなかったかも。今日《きょう》だって、給食《きゅうしょく》のおかずがあまったのに、ほしいって手《て》をあげなかったし……。」

キョンちゃんの目《め》には、うっすらと涙《なみだ》がにじんでいる。

「おまえたち、バカなこというなよ！　それって首《くび》つり自殺《じさつ》ってことだろ？　あいつにかぎって、そんなことするわけがないさ。」

興奮《こうふん》してイスから立《た》ちあがる片本《かたもと》くん。

ものすごい顔《かお》で、私《わたし》とキョンちゃんをにらむけど、テレビで自殺《じさつ》のニュースをやると、インタビューされる友《とも》だちは、たいてい、片本《かたもと》くんと同《おな》じことをいうのよ。

「いまはケンカしてる場合《ばあい》じゃないわ。体育用具室《たいいくようぐしつ》にいって、モリケンを止《と》めなくちゃ！」

「ああ。急《いそ》ごう。いまなら、まだ間《ま》にあうかもしれないぜ！」

私《わたし》と片本《かたもと》くんは、そうさけびながら教室《きょうしつ》のドアに向《む》かってダッシュした。

キョンちゃんも、動作《どうさ》はゆっくりだけど、私《わたし》たちのあとに続《つづ》こうとしている。

私《わたし》は、モリケンがロープをつるすのに手間《てま》どっていたり、輪《わ》に首《くび》をかけようかどうしようか迷《まよ》っていてくれることを祈《いの》った。

くわしい事情《じじょう》は知《し》らないけど、生《い》きてさえいれば、どんな苦難《くなん》もきっとなんとかなる。

もちろん、私《わたし》たちは、どんな相談《そうだん》にだって乗《の》るし、問題解決《もんだいかいけつ》のために力《ちから》になるつもりだわ。

ところが……。

「待《ま》って！　その心配《しんぱい》はないわ。」

背後《はいご》から月乃《つきの》ちゃんの声《こえ》がひびいた。

私《わたし》が急《きゅう》に立《た》ちどまったせいで、片本《かたもと》くんとキョンちゃんは教室《きょうしつ》のドアのところで玉突《たまつ》き事故《じこ》を起《お》こしてしまう。

「森口《もりぐち》くんは自殺《じさつ》なんかしないから、だいじょうぶよ。」

「おい。どうして、宵宮《よみや》に、そんなことわかるんだ。」

鬼《おに》のような顔《かお》で月乃《つきの》ちゃんをにらむ片本《かたもと》くん。首《くび》だけはうしろを向《む》いているけど、体《からだ》は走《はし》りだす姿勢《しせい》をくずしていなかった。

「森口《もりぐち》くんは、必《かなら》ず教室《きょうしつ》にくるって約束《やくそく》してくれたのよ。彼《かれ》は、いいかげんなことをいう人《ひと》ではないわ。」

「それはそうかもしれないけど、気《き》が変《か》わるってことだってあるだろ？」

片本《かたもと》くんは、しつこく食《く》いさがる。

友《とも》だちに命《いのち》の危険《きけん》がせまってるかもしれないわけだから、落《お》ちついていられないのはよくわかるけど、月乃《つきの》ちゃんが「心配《しんぱい》はない。」っていうからには、ちゃんとした理由《りゆう》があるにちがいないわ。

「いいわ。それじゃあ、森口《もりぐち》くんが、なにをしようとしたのか教《おし》えてあげる。」

月乃《つきの》ちゃんは、イスに座《すわ》ったまま、スッと背《せ》すじをのばして話《はな》しはじめた。

4 常識《じょうしき》は宇宙《うちゅう》のかなたへ

「……なんて、えらそうにいったけど、今回《こんかい》の謎解《なぞと》きは、あまり自信《じしん》がないの。」

あらら。月乃《つきの》ちゃんがそんなふうにいうなんて、めずらしいわね。

「というのも、森口《もりぐち》くんの考《かんが》えかたって、かなり飛躍《ひやく》してるでしょう。ふつうの人《ひと》と同《おな》じような感覚《かんかく》で推理《すいり》をしても答《こた》えはでないから、強引《ごういん》に解読《かいどく》してしまった部分《ぶぶん》もあるのよ。」

「まあ、常識《じょうしき》にとらわれてたら、モリケンの行動《こうどう》は絶対《ぜったい》に読《よ》めないしね。とにかく、月乃《つきの》ちゃんの考《かんが》えをきかせてよ。」

私《わたし》がフォローすると、月乃《つきの》ちゃんは軽《かる》くうなずいて続《つづ》けた。

「それじゃ、まず片本《かたもと》くんが校庭《こうてい》のすみで森口《もりぐち》くんをみかけたことについてだけど、あれはべつに落《お》ちこんでたり、悩《なや》んでいたわけではないの。」

「じゃあ、なんなんだ？　モリケンは、いつだって空《そら》を向《む》いてるぜ。うつむくことなんて、まずないよ。」

ムキになって反論《はんろん》する片本《かたもと》くんがおかしかったのか、月乃《つきの》ちゃんはクスッと小《ちい》さく笑《わら》いながらいった。

「そのとき、森口《もりぐち》くんは、歩数《ほすう》を数《かぞ》えてたのよ。」

「へ。歩数《ほすう》って？」

「つまり、自分《じぶん》の足《あし》で校庭《こうてい》の長《なが》さを測《はか》っていたの。なにかブツブツいってるようにみえたのは、数《かず》を口《くち》にしながら歩《ある》いていたせいね。」

なるほど。ものを数《かぞ》えるときって、それに集中《しゅうちゅう》するから、自分《じぶん》でも気《き》づかないうちに、むずかしい表情《ひょうじょう》になったり、声《こえ》にだしてたりするもんなあ。

「で、でもさあ、なんのために校庭《こうてい》の長《なが》さなんか測《はか》ってたの？」

「その理由《りゆう》を明《あき》らかにする前《まえ》に、学校《がっこう》の平面図《へいめんず》をみて、なにか気《き》がつくことはない？」

そういわれて、私《わたし》とキョンちゃんと片本《かたもと》くんは、平面図《へいめんず》を穴《あな》のあくくらいみつめた。

だけど、五年《ねん》も通《かよ》った学校《がっこう》だからみなれちゃってるせいもあるのか、新《あたら》しい発見《はっけん》なんかひとつもなかったんだよね。

「うーん。ようかんが折《お》れまがったような形《かたち》かしら?」

と、キョンちゃんが苦《くる》しまぎれに答《こた》える。

いくらなんでも、それはないだろうな。キョンちゃんって、食《く》いしん坊《ぼう》だから、なんでも食《た》べものにみえるんだわ。

「そうじゃないの。南風小学校《みなみかぜしょうがっこう》の校庭《こうてい》は、等脚台形《とうきゃくだいけい》なのよ。」

「とうきゃくだいけい?」

なんだか舌《した》をかみそうな名前《なまえ》だけど、月乃《つきの》ちゃんによると、等脚台形《とうきゃくだいけい》っていうのは、向《む》かいあう二辺《へん》が平行《へいこう》で、その辺《へん》の両端《りょうはし》の角度《かくど》と、平行《へいこう》でない二辺《へん》の長《なが》さが等《ひと》しい台形《だいけい》をいうんだって。

ようするに、左右対称《さゆうたいしょう》で、いびつじゃないってことね。

「あ。そういえば、宵宮《よみや》に質問《しつもん》したのも台形《だいけい》だったな。」

片本《かたもと》くんがポンと手《て》を打《う》つ。

「そう。森口《もりぐち》くんがききたかったのは、踏《ふ》み台《だい》ではなく、校庭《こうてい》の形《かたち》のことだったの。」

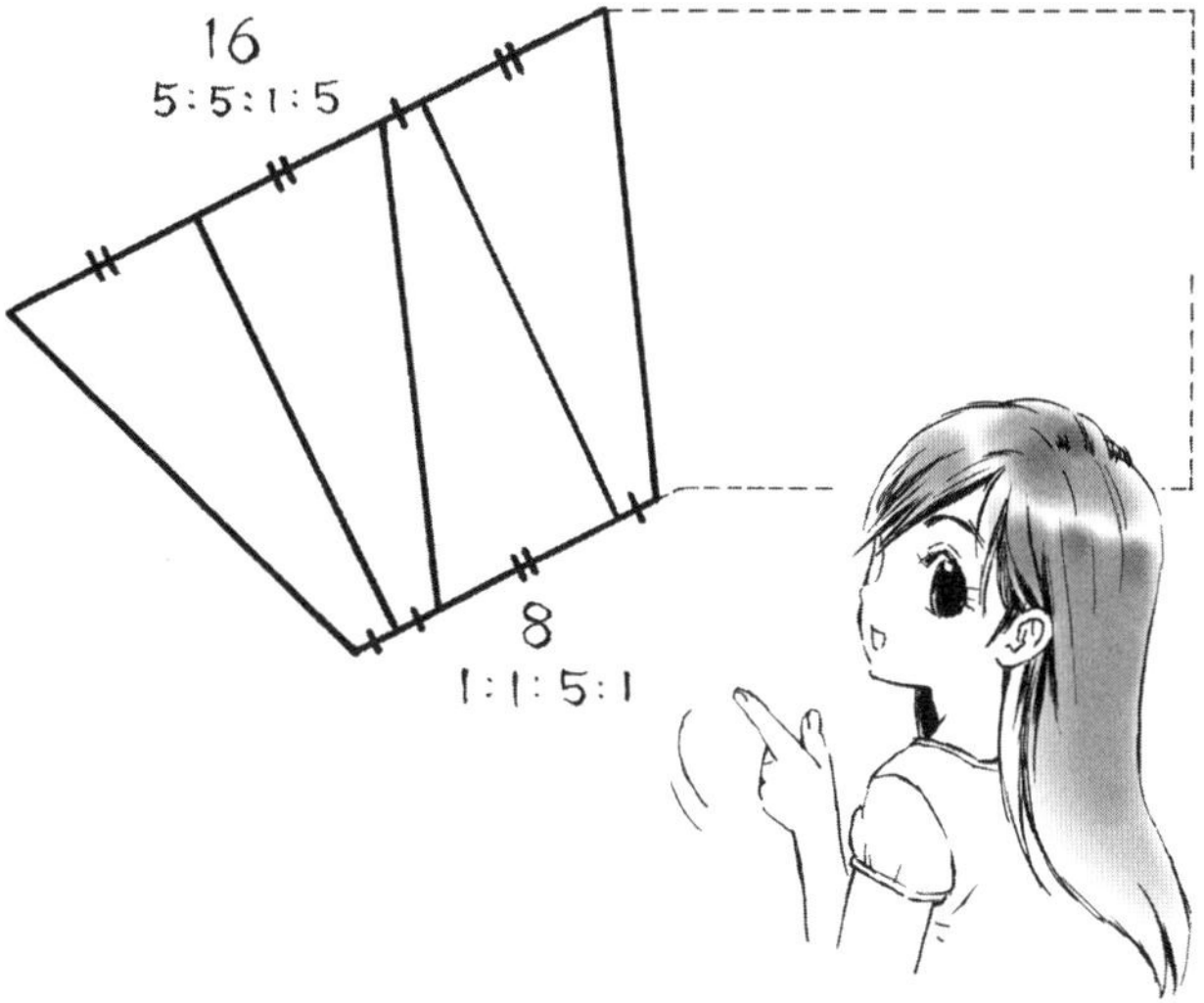

そういわれても、まだまだわけがわかんないけど……。

「しかも、うちの校庭《こうてい》は、平行《へいこう》なふたつの辺《へん》、つまり上底《じょうてい》と下底《かてい》の長《なが》さの比率《ひりつ》がほぼ2対《たい》1なの。これは、私《わたし》も前《まえ》に気《き》づいて調《しら》べたからまちがいないわ。」

少《すこ》しでもアンテナに引《ひ》っかかると、図書館《としょかん》やインターネットを利用《りよう》して納得《なっとく》がゆくまで調査《ちょうさ》する月乃《つきの》ちゃん。そこが頭《あたま》のいい人《ひと》と私《わたし》のちがいだと思《おも》うけど、長《なが》さの比率《ひりつ》が2対《たい》1だと、いったいなんだっていうんだろう？

算数《さんすう》の話《はなし》になると脳《のう》みそが瞬間的《しゅんかんてき》にフリーズしちゃう私《わたし》には、ちっとも先《さき》が読《よ》めない。

「上底《じょうてい》と下底《かてい》の長《なが》さの比率《ひりつ》が2対《たい》1だから、わかりやすく16対《たい》8にするわね。すると、ほら、こういうふうに、すべて同《おな》じ面積《めんせき》、同《おな》じ形《かたち》に四分割《ぶんかつ》できるのよ。」

月乃《つきの》ちゃんは、そういいながら、平面図《へいめんず》に線《せん》を引《ひ》いた。

「あらぁ、ほんと。きれいにわけられるのね。」

と、キョンちゃんが素直《すなお》に感動《かんどう》する。

たしかにパズルみたいでおもしろいけど、それよりほかのことが気《き》になった片本《かたもと》くんと私《わたし》は、続《つづ》けて質問《しつもん》する。

「ようするに、モリケンが歩数《ほすう》を数《かぞ》えてたのは、校庭《こうてい》を分割《ぶんかつ》するためだったってことか？」

「だけどさ。それって、なんのためなの？」

「もちろん、運動会《うんどうかい》のために決《き》まっているわ。」

月乃《つきの》ちゃんは、かんたんな計算問題《けいさんもんだい》の答《こた》えを口《くち》にするみたいに、あっさりといった。

「へ。運動会《うんどうかい》？　あーっ。四つにわけるって、ひょっとして赤組《あかぐみ》、青組《あおぐみ》、黄色組《きいろぐみ》、緑組《みどりぐみ》のこと？」

「ええ。各組《かくくみ》を同《おな》じ面積《めんせき》、同《おな》じ形《かたち》にするには、この形《かたち》しかなかったの。」

そういえば、モリケンは、文句《もんく》がでないように平等《びょうどう》にするとかいってたわね。

「だからって、四つにわけて、どうするつもりなのかな？」

「ここから先《さき》が、ふつうの人《ひと》とは異《こと》なる独創的発想《どくそうてきはっそう》だと思《おも》うんだけど……。」

いつもとちがって歯《は》ぎれが悪《わる》い月乃《つきの》ちゃん。

ま、相手《あいて》が変人《へんじん》のモリケンだから無理《むり》もないけどね。

「たとえば、各組《かくくみ》が平等《びょうどう》に陣地《じんち》をもって、応援《おうえん》をするのも、横断幕《おうだんまく》をかけるのも、そのなかに限《かぎ》られる、なんて思《おも》いこんでしまったんじゃないかしら。逆《ぎゃく》にききたいんだけど、この学校《がっこう》の運動《うんどう》会《かい》には、そういうルールがあるの？」

そっか。月乃《つきの》ちゃんは今年《ことし》の春《はる》、転校《てんこう》してきたから、南風小《みなみかぜしょう》の運動会《うんどうかい》に参加《さんか》するのは、はじめてなんだ。

「いや、ないよ。あいつが勝手《かって》に考《かんが》えたんだろう。」

「でも、モリケンは、もう四回《かい》も運動会《うんどうかい》にでてるのよ。応援団《おうえんだん》は、いつもトラックの真《ま》んなかにいって、各組交代《かくくみこうたい》でエールをきるし、横断幕《おうだんまく》は校庭《こうてい》のまわりのフェンスにかけておくんじゃない。」

「前例《ぜんれい》にまどわされず、自由《じゆう》な発想《はっそう》ができるってとこが、あいつのすごさなんだよ。応援《おうえん》にしても横断幕《おうだんまく》にしても、去年《きょねん》と同《おな》じにする必要《ひつよう》なんてないんだからな。」

片本《かたもと》くんとモリケンは、性格《せいかく》も長所《ちょうしょ》も全然《ぜんぜん》ちがう。そのせいか、おたがい自分《じぶん》にない部分《ぶぶん》を認《みと》めあってるんだよね。

それで、そんなふうにフォローすると思《おも》うんだけど、いくらなんでも今回《こんかい》はぶっとびすぎじゃないかな、と思《おも》ったら……。

「それは私《わたし》もみならいたい部分《ぶぶん》だわ。もしかすると、天才《てんさい》というのは森口《もりぐち》くんみたいな人《ひと》をいうのかもしれないし……。」

つ、月乃《つきの》ちゃんまで、そんな最大級《さいだいきゅう》のほめ言葉《ことば》を、あのモリケンに……。

「ただ、森口《もりぐち》くんは、言葉《ことば》の意味《いみ》を正確《せいかく》に受《う》けとってるの。横断幕《おうだんまく》といえば、ふつうは、単《たん》に横《よこ》に長《なが》い幕《まく》と考《かんが》えるでしょう？」

「うん。そうだね。」

「でも、横断幕《おうだんまく》というのは、そもそも標語《ひょうご》などを書《か》いて、道路《どうろ》を横断《おうだん》するようにかけた幕《まく》のことなのよ。で、今回《こんかい》は運動会《うんどうかい》だから、校庭《こうてい》を横断《おうだん》する幕《まく》を作《つく》らなくてはいけない、と考《かんが》えたんじゃないかしら。」

あちゃー。いかにもモリケンらしいボケっぷりだよ。

「そこで彼《かれ》は、台形《だいけい》でもっとも長《なが》い斜辺《しゃへん》の長《なが》さを測《はか》ったのよ。」

「で、それを記録《きろく》するためにロープが必要《ひつよう》だったんだな。」

「ええ。そのうち、森口《もりぐち》くんは、印《しるし》のついたロープをもって教室《きょうしつ》にもどってくるでしょう。これと同《おな》じ長《なが》さの横断幕《おうだんまく》を作《つく》るぞ、といいながらね。」

っていうか、校庭《こうてい》の真《ま》んなかに横断幕《おうだんまく》があったら、じゃまになって競技《きょうぎ》ができないんですけど。

ま、でも、モリケンのことだから、徒競走《ときょうそう》とか綱引《つなひ》きとかは、はるか宇宙《うちゅう》のかなたにすっ飛《と》ばしちゃったんだろうけどね。

「ところで、月乃《つきの》ちゃん。私《わたし》がきいた『ブルーだな……。ちくしょう、あいつら。』ってセリフの意味《いみ》は？」

と、キョンちゃんが質問《しつもん》する。

「平面図《へいめんず》をもう一度《いちど》みてみて。四分割《ぶんかつ》すると、斜辺《しゃへん》は三つしかできないでしょう。」

「あ、なるほどぉ。真《ま》んなかの台形《だいけい》ふたつは斜辺《しゃへん》がくっついてるわ。」

「全学年《ぜんがくねん》の一組《くみ》が赤《あか》、二組《くみ》が青《あお》、三組《くみ》が黄色《きいろ》、四組《くみ》が緑《みどり》よね。この順番《じゅんばん》を守《まも》ると、両端《りょうはし》は赤《あか》と緑《みどり》にとられてしまうから、青《あお》と黄色《きいろ》は真《ま》んなかの斜辺《しゃへん》を共有《きょうゆう》しなくてはいけない。それで、森口《もりぐち》くんは悩《なや》んでしまったのよ。」

「ようするに、ブルーって青組《あおぐみ》のことで、やつらさえいなければ、斜辺《しゃへん》を独占《どくせん》できるっていいたかったわけか。」

モリケンの肩《かた》をもとうとしてる片本《かたもと》くんも、ここまでくると、さすがにあきれた表情《ひょうじょう》をしてる。

片本《かたもと》くんだけじゃなく、私《わたし》もキョンちゃんも、推理《すいり》を披露《ひろう》した月乃《つきの》ちゃんまで、なんだか力《ちから》がぬけてぼーっとしちゃったんだ。

横断幕《おうだんまく》を作《つく》る作業《さぎょう》は、まだはじまってもいないのに、これじゃあこまるんだけどなあ。

教室《きょうしつ》には、校庭《こうてい》からぬるんだ風《かぜ》と生徒《せいと》のはしゃぎ声《ごえ》が入《はい》ってくる。

私《わたし》たちは、モリケンの頭《あたま》のなかを旅《たび》した疲《つか》れをいやそうと、話《はなし》もしないで、しばらくじっとしていた。

空《そら》に浮《う》かぶ雲《くも》をながめながら、私《わたし》は考《かんが》える。

モリケンっていうのは、あの雲《くも》みたいにつかみどころがなくって、自由《じゆう》な存在《そんざい》なのよ。それを無理《むり》やり理解《りかい》しようとするから、しんどいんだわ。

「宵宮《よみや》の頭脳《ずのう》が並《なみ》じゃないのは、よく知《し》ってる。さっきだって、よくあれだけの情報《じょうほう》から推理《すいり》を組《く》みたてたもんだって、感心《かんしん》したよ。」

片本《かたもと》くんが沈黙《ちんもく》を破《やぶ》って、なにやら語《かた》りはじめた。

「だけど、それを超《こ》えられる唯一《ゆいいつ》の人間《にんげん》がモリケンなんだ。」

「なにがいいたいわけ？」

「つまり、今回《こんかい》ばかりは、宵宮《よみや》の推理《すいり》が正《ただ》しいかどうか、あいつが教室《きょうしつ》に入《はい》ってくるまでわからないってことさ。モリケンは、もっととんでもない答《こた》えを用意《ようい》してる可能性《かのうせい》だってある。」

「それは、私《わたし》だって承知《しょうち》してるわ。謎解《なぞと》きをしたあと、こんなにドキドキするのは、はじめてだもの。」

月乃《つきの》ちゃんは、両手《りょうて》で胸《むね》をおさえながらいった。

あー、モリケンのやつ、早《はや》くこないかな。月乃《つきの》ちゃんは心臓《しんぞう》が悪《わる》いんだから、よけいな負担《ふたん》をかけたくないのよ。

よーし。こうなったら、無理《むり》やりにでも引《ひ》っぱってこよう。

私《わたし》がそう決心《けっしん》したとき、教室《きょうしつ》の戸《と》が勢《いきお》いよく開《ひら》く。

そして、その向《む》こうに、長《なが》いロープを引《ひ》きずったモリケンが、布袋《ほてい》さまのような笑顔《えがお》で立《た》っていた。

「みんな、なにやってんだよーん。そんなせまいところじゃ横断幕《おうだんまく》は作《つく》れないよん。校庭《こうてい》の長《なが》さは、ぼくが測《はか》っておいたから、廊下《ろうか》で作業《さぎょう》しようよー。」

Case《ケース》 9

クリスマスの魔法《まほう》

1　宮下《みやした》くんの秘密《ひみつ》

十二月《がつ》のことを「師走《しわす》」ともいうんだって。

「師匠《ししょう》も走《はし》るほど、いそがしいって意味《いみ》よ。」って、担任《たんにん》の西村先生《にしむらせんせい》が教《おし》えてくれた。

私《わたし》は師匠《ししょう》じゃないけど、もしかすると一年《ねん》でいちばんたくさん走《はし》る月《つき》かもしれないなあ。

走《はし》って体《からだ》をあたためたいってのもあるし、外《そと》で遊《あそ》んでると、あっというまに暗《くら》くなっちゃうから急《いそ》いで家《いえ》に帰《かえ》るって理由《りゆう》もある。

それに十二月《がつ》は、冬休《ふゆやす》みとかクリスマスとか楽《たの》しみがめじろ押《お》しだから、ウキウキして、意味《いみ》もなくかけまわっちゃったりもするのよね。

走《はし》ると、白《しろ》くにごった息《いき》がいっぱいでるでしょう。私《わたし》、あれが大好《だいす》きなの。なんだか蒸気機関《じょうききかん》車《しゃ》になった気《き》がして、力《ちから》がみなぎってくるんだもん。

ま、そんなわけで、今年《ことし》もクリスマスまで、あと十日《とおか》。

お母《かあ》さんサンタがくれるプレゼントも楽《たの》しみだけど、来週《らいしゅう》、レクリエーションでやるクラスのクリスマス会《かい》も待《ま》ち遠《どお》しい。

私《わたし》は、五年《ねん》三組《くみ》の漫才《まんざい》チャンピオンを決《き》める「M《エム》53グランプリ」に、キョンちゃんとコンビを組《く》んで出場予定《しゅつじょうよてい》なの。

コンビ名《めい》は「くりきんとん」っていうんだ。「芋《いも》ようかん」って名前《なまえ》と最後《さいご》まで迷《まよ》って、結局《けっきょく》はふたりが食《た》べたいほうを選《えら》んだ。って、クリスマスをとおりこして、おせち料理《りょうり》になっちゃってるけどね。

ちなみに、漫才《まんざい》のネタ作《づく》りは月乃《つきの》ちゃんも協力《きょうりょく》してくれてるから、放課後《ほうかご》はほとんど毎日《まいにち》、三人《にん》で練習《れんしゅう》をしてるのよ。

でも、昨日《きのう》は月乃《つきの》ちゃんが学校《がっこう》を休《やす》んだ。かぜでもひいたのかなと思《おも》ったら、今朝《けさ》は元気《げんき》そうに登校《とうこう》してきた。

「ごめんなさい。昨日《きのう》は定期検査《ていきけんさ》で、一日《いちにち》、港東医大病院《こうとういだいびょういん》にいってたの。」

月乃《つきの》ちゃんは、いまでも定期的《ていきてき》に心臓《しんぞう》の検査《けんさ》をしてるんだって。発作《ほっさ》はめったに起《お》こらなくなったけど、まだまだ油断《ゆだん》できないらしいよ。

「それでね。夕方《ゆうがた》、検査《けんさ》がおわって帰《かえ》ろうとしたら、病院《びょういん》のロビーで宮下《みやした》くんをみかけたの。」

「へえ、宮下《みやした》くんを?」

宮下敦《みやしたあつし》くんっていうのは、うちのクラスの男子《だんし》。

健康《けんこう》が自慢《じまん》で、小学生《しょうがくせい》になってから一度《いちど》も学校《がっこう》を休《やす》んでないんだって。真冬《まふゆ》でも半《はん》ズボンをはいているけど、寒《さむ》そうにしてるところなんかみたことないもんね。

その宮下《みやした》くんが、病院《びょういん》にいるなんて、ちょっと意外《いがい》だわ。

「で、宮下《みやした》くんは、なんの用《よう》で病院《びょういん》にきてたの?」

「彼《かれ》のことは遠《とお》くからみかけただけなの。なんだか、とても急《いそ》いでいる様子《ようす》で、あっというまに姿《すがた》がみえなくなってしまったわ。」

「ふーん。ま、気《き》になることは、本人《ほんにん》にたずねるのがいちばんね。あ、ちょうど宮下《みやした》くんがきたわ。わけをきいてくるから待《ま》ってて。」

私《わたし》はサッと席《せき》から離《はな》れ、教室《きょうしつ》に入《はい》ってきた宮下《みやした》くんのあとを追《お》いかけながら、質問《しつもん》を投《な》げかけた。

「宮下《みやした》くん、おはよー。ねえねえ、昨日《きのう》さ、港東医大病院《こうとういだいびょういん》にいったんだって?」

「え……。どうして、それを知《し》ってるんだ?」

「月乃《つきの》ちゃんがみかけたのよ。」

「そうか……。なんでもないから、ほっといてくれ。」

宮下《みやした》くんは、不機嫌《ふきげん》そうな顔《かお》で私《わたし》をにらむ。

で、そのあとは、なにをきいても貝《かい》のようにだまっちゃって、話《はなし》にならなかったの。

べつに、どうしても理由《りゆう》を知《し》りたかったわけじゃないけど、ここまでかたくなだと、好奇心《こうきしん》が風船《ふうせん》のようにふくらんできちゃうなあ。

本人《ほんにん》がダメなら、友《とも》だちにあたるしかないわね。


そこで、私《わたし》は宮下《みやした》くんと仲《なか》がよさそうな男子《だんし》を三人《にん》、廊下《ろうか》に呼《よ》びだして、話《はなし》をきいてみた。

ところが、彼《かれ》らも事情《じじょう》をよく知《し》らないみたいで、こんなふうにいったんだ。

「うーん。じつをいうと、五年《ねん》になってから、あいつとは遊《あそ》んでないんだよ。」

「ああ。なんか、つきあいが悪《わる》くなったよな。放課後《ほうかご》はすぐ家《いえ》に帰《かえ》っちゃうし、誘《さそ》っても遊《あそ》べないって断《ことわ》られるんだ。」

「猛《もう》スピードで自転車《じてんしゃ》をこいでるとこを、何度《なんど》かみたぜ。塾《じゅく》にでもいってるんじゃないか。」

そういわれてみると、最近《さいきん》の宮下《みやした》くんは、様子《ようす》が少《すこ》し変《へん》だ。

寝不足《ねぶそく》なのか、ときどき大《おお》きなあくびをしてるし、休《やす》み時間《じかん》だって友《とも》だちとさわいだりしないで自分《じぶん》の席《せき》についてることが多《おお》いもん。

彼《かれ》とは三年生《ねんせい》のとき、同《おな》じクラスだったけど、もっと元気《げんき》がよかったはずだわ。

と、そのとき、そばを通《とお》りかかった片本《かたもと》くんが「なに、コソコソ話《はな》してんだ?」といいながら、話《はなし》の輪《わ》に入《はい》ってきた。私《わたし》は、宮下《みやした》くんのことをざっと説明《せつめい》する。

「ふうむ。どうやら宮下《みやした》には秘密《ひみつ》がありそうだな。」

えらそうに腕《うで》を組《く》みながら片本《かたもと》くんがうなる。

「そうね。私《わたし》はともかく、仲《なか》のいい男子《だんし》たちにも話《はな》せないってことは、そうとう大《おお》きな秘密《ひみつ》でしょうね。」

「いっちょう、つきとめてみるか?」

おせっかいな熱血漢《ねっけつかん》の片本《かたもと》くんがそういうふうにいうときは、だれがなんといおうと、つきとめてみせるってことに決定《けってい》してるのよ。

だけど、人《ひと》がかくそうとしてることを勝手《かって》にあばくのは、いい趣味《しゅみ》じゃないわよね。

「ちょっと待《ま》って。月乃《つきの》ちゃんに相談《そうだん》してみるから。」

といって、教室《きょうしつ》にもどった私《わたし》は、月乃《つきの》ちゃんに意見《いけん》を求《もと》めた。

すると、月乃《つきの》ちゃんは、意外《いがい》なことをいったの。

「秘密《ひみつ》には、どうしても人《ひと》に知《し》られたくない場合《ばあい》と、ほんとうはみんなに知《し》ってほしい場合《ばあい》の二種類《しゅるい》あるの。で、宮下《みやした》くんは、あとのほうだという気《き》がするわ。」

「つまり、ほんとは、話《はな》したいんだけど、いいだせないってこと？」

「ええ。かくしとおしておきたい秘密《ひみつ》をもっている人《ひと》は、できるだけいままでと同《おな》じような態度《たいど》をとるはずよ。ちょっとした変化《へんか》が原因《げんいん》で、よけいな疑《うたが》いをもたれたらおしまいだもの。」

「ふむふむ。」

「それなのに、宮下《みやした》くんは、仲《なか》のいい友《とも》だちと遊《あそ》ばなくなったり、みるからに元気《げんき》がなくなったりしてるでしょう。これは、様子《ようす》がおかしいってことに早《はや》く気《き》づいてほしいというサインなの。」

「なーるほど。さすが月乃《つきの》ちゃんだなあ。」

文句《もんく》のつけようがない、納得《なっとく》の心理分析《しんりぶんせき》だわ。

「じゃ、宮下《みやした》くんの秘密《ひみつ》をつきとめるのは悪《わる》いことじゃないのね。でも、どうしたらいいだろう？」

「昨日《きのう》、病院《びょういん》ではあわててる様子《ようす》だったし、猛《もう》スピードで自転車《じてんしゃ》をこいでいるところをみた、という証言《しょうげん》もあるわね。宮下《みやした》くんを尾行《びこう》すれば、おそらく港東医大病院《こうとういだいびょういん》にいくと思《おも》うの。そこで、情報《じょうほう》を仕入《しい》れるのがいちばんじゃないかしら。」

　尾行《びこう》かあ。なんか、刑事《けいじ》や探偵《たんてい》になったみたいで、刺激的《しげきてき》な言葉《ことば》だなあ。

「ほんとは、私《わたし》も協力《きょうりょく》したいんだけど、自転車《じてんしゃ》に乗《の》れないし、かえって足手《あしで》まといになると思《おも》うの……。」

「そんなの気《き》にしないでいいよ。尾行《びこう》は、私《わたし》と片本《かたもと》くんにまかしといて。私《わたし》って、ほら、『風鈴《ふうりん》母《かあ》さん』だからさ。」

「風鈴母《ふうりんかあ》さん？？？」

「月乃《つきの》ちゃん、知《し》らないの？　疾《はや》きこと風《かぜ》のごとく、徐《しず》かなること林《はやし》のごとく、ってやつだよ。」

「あ、あの、ひなちゃん……、それをいうなら『風林火山《ふうりんかざん》』だと思《おも》うんだけど……。」

2　尾行大作戦《びこうだいさくせん》

　ということで、さっそくその日《ひ》の放課後《ほうかご》、尾行大作戦《びこうだいさくせん》を決行《けっこう》することにした。

　探偵《たんてい》の私《わたし》と、助手《じょしゅ》の片本《かたもと》くんはダッシュで帰宅《きたく》し、自転車《じてんしゃ》に乗《の》ると、宮下《みやした》くんの家《いえ》の近《ちか》くの公《こう》園《えん》に集合《しゅうごう》する。

港東医大病院《こうとういだいびょういん》にいくなら、必《かなら》ずこの公園《こうえん》の前《まえ》の道《みち》を通《とお》るはずだから、ゾウさんのすべり台《だい》のうしろにかくれて待《ま》つことにしたのよ。

でも、この季節《きせつ》、屋外《おくがい》でじっとしていると、すぐに全身《ぜんしん》が冷《ひ》えちゃう。顔《かお》や手《て》の皮膚《ひふ》は寒《さむ》いのをとおりこして痛《いた》いし、歯《は》はカタカタと鳴《な》りだしてくるんだ。

しかも、敵《てき》は寒《さむ》さだけじゃない。私《わたし》も片本《かたもと》くんも、体《からだ》を動《うご》かすのは得意《とくい》だけど、動《うご》くなといわれるのはたえられないタイプ。さっきから、体中《からだじゅう》の筋肉《きんにく》が「動《うご》かせ。動《うご》かせ。」ってうるさいの。

「あー、もう限界《げんかい》。そのへんを軽《かる》くランニングしてくるわ。」

「バカ。宮下《みやした》が通《とお》りかかったら、みつかっちまうよ。」

「べつに、いいじゃん。そんときはそんときよ。」

「よくないっつうの。おまえ、尾行《びこう》の意味《いみ》をわかってないだろ。」

なんて、いい争《あらそ》っていると、視界《しかい》の端《はし》に一台《だい》の自転車《じてんしゃ》が飛《と》びこんできた。と思《おも》ったら、あっというまに道路《どうろ》を横《よこ》ぎって、マンションの向《む》こうに消《き》えてゆく。

「おい。あれ、宮下《みやした》だぜ！」

「うん。急《いそ》いで、あとを追《お》いかけよう。」

私《わたし》と片本《かたもと》くんは同時《どうじ》に自転車《じてんしゃ》に飛《と》びのり、宮下《みやした》くんが去《さ》っていった方向《ほうこう》にペダルをこぐ。

運《うん》よく、少《すこ》しゆくと、信号《しんごう》に引《ひ》っかかってる宮下《みやした》くんを発見《はっけん》した。

よーし。あとは、バレないように尾行《びこう》するだけだわ。

宮下《みやした》くんは、信号《しんごう》で止《と》まる以外《いがい》、とちゅうで一度《いちど》も休《やす》まずに約《やく》四十分《ぷん》、走《はし》りつづけた。

私《わたし》も片本《かたもと》くんも体力《たいりょく》は問題《もんだい》なかったんだけど、みつかっちゃいけないってずっと思《おも》ってたから、精神的《せいしんてき》に疲《つか》れちゃったの。

そして、すっかり日《ひ》が暮《く》れたあと、ようやく目的地《もくてきち》に到着《とうちゃく》する。

そこは、月乃《つきの》ちゃんの予想《よそう》どおり港東医大病院《こうとういだいびょういん》だった。

となると次《つぎ》は、宮下《みやした》くんは「ここに、なんの用事《ようじ》があるのか？」を調《しら》べないといけないわね。

港東医大病院《こうとういだいびょういん》は、とにかく広《ひろ》い。

敷地内《しきちない》には病院《びょういん》のほかに大学院《だいがくいん》や研究所《けんきゅうじょ》なんかもあるから、いろんな人《ひと》が出入《でい》りしてるの。

ほとんどの診療科《しんりょうか》がそろってるし、市内《しない》の病院《びょういん》のなかじゃいちばん設備《せつび》が充実《じゅうじつ》してるんだって月乃《つきの》ちゃんがいってたけど、私《わたし》にとっては、まるで迷宮《めいきゅう》よ。ぼーっとしてたら迷子《まいご》になって永遠《えいえん》に脱出《だっしゅつ》できなくなるかもしれないわ。

さて、宮下《みやした》くんは駐輪場《ちゅうりんじょう》に自転車《じてんしゃ》を置《お》くと、かけ足《あし》で病院《びょういん》のなかへ入《はい》っていった。

ここへは何度《なんど》もきているのか、なれている様子《ようす》。だだっ広《ぴろ》いロビーの人《ひと》ごみをじょうずにぬって、A《エー》病棟《びょうとう》のほうへ向《む》かった。

私《わたし》たちは、気《き》づかれないように細心《さいしん》の注意《ちゅうい》をはらいながら、あとを追《お》う。

「謎《なぞ》が明《あき》らかになるのは、もうすぐだ。」と思《おも》ったんだけど、なんと宮下《みやした》くんは上《うえ》の階《かい》へゆくエレベーターにサッと乗《の》っちゃったのよ。

「うぎゃー。ヤバいよ、ヤバいよ。」

「病院《びょういん》なんだから、ギャーギャーさわぐなよ。まさか同《おな》じエレベーターに乗《の》るわけにはいかないんだから、しかたないだろ。」

片本《かたもと》くんが、冷静《れいせい》にいう。

「こんなときに、よく落《お》ちついていられるわね。せっかく尾行《びこう》してきたのに、ここで見失《みうしな》ったらなんの意味《いみ》もないのよ！」

「エレベーターの階数表示《かいすうひょうじ》をよくみてろって。宮下《みやした》が乗《の》ったエレベーターは、いまのところ、三、五、六、八階《かい》で止《と》まったから、一階《かい》ずつあたってみれば、みつかるさ。」

そっか。宮下《みやした》くんがどの階《かい》でおりたかはわからないけど、少《すく》なくともエレベーターの止《と》まらなかった階《かい》、つまり二、四、七階《かい》にいる可能性《かのうせい》はゼロに近《ちか》いわ。

それだけでも、少《すこ》しは手間《てま》を減《へ》らせるもんね。

「片本《かたもと》くんったら、めずらしくさえてるじゃない！」

「めずらしくは、よけいだっての。」

といって、私《わたし》のおでこをつつく片本《かたもと》くん。そのくせ、ほめられてうれしそうにしてるところが、かわいいっていうか、単純《たんじゅん》っていうか……。

というわけで、私《わたし》と片本《かたもと》くんは、エレベーターが止《と》まった階《かい》を下《した》から順《じゅん》に捜索《そうさく》することにした。

まず三階《がい》をみてまわったんだけど、ここに宮下《みやした》くんの姿《すがた》はなかったの。といっても、個室《こしつ》や浴《よく》室《しつ》なんかには入《はい》れなかったから、調《しら》べられる範囲《はんい》にはいなかった、って意味《いみ》よ。

「どうする？　大部屋《おおべや》ならのぞけるけど、個室《こしつ》に入《はい》っちゃったら、みつからないよ。」

「まあ、それはしようがないな。入《い》り口《ぐち》に名札《なふだ》がかかってるから、いちおうチェックしながら、各階《かくかい》をざっとみていくことにしよう。」

そうはいっても、親戚《しんせき》や友《とも》だちのお見舞《みま》いだったら、名前《なまえ》をみても判断《はんだん》がつかない。大《おお》きな病院《びょういん》だから病室《びょうしつ》の数《かず》は多《おお》いし、かんたんには探《さが》せないだろうな、と思《おも》ったら、意外《いがい》にも五階《かい》の小児《しょうに》病棟《びょうとう》にいってすぐ、個室《こしつ》の入《い》り口《ぐち》にはってある「宮下慎弥《みやしたしんや》」という名札《なふだ》をみつけた。

「ねえねえ、これじゃない？」

「ああ。名字《みょうじ》が同《おな》じだし、まちがいなさそうだな。」

あんまりにもあっさり発見《はっけん》できたから、私《わたし》と片本《かたもと》くんは思《おも》わずガッツポーズなんかしちゃったんだけど、よく考《かんが》えると、このあとが問題《もんだい》だ。

「でも、個室《こしつ》だから、なかの様子《ようす》をのぞけないわね。」

「そうだな……。まさかノックするわけにもいかないしな。」

「思《おも》いきってドアを開《あ》けてみましょうか？」

「おいおい。それじゃ、なんのために尾行《びこう》したか、わかんないだろ。」

「だからって、ドアの外《そと》にいたんじゃ、なんの情報《じょうほう》も入《はい》ってこないんだよ。さすがの月乃《つきの》ちゃんでも、これじゃ謎《なぞ》が解《と》けないってば。」

私《わたし》たちは、ここが病院《びょういん》だってことを忘《わす》れて、つい大声《おおごえ》でいい争《あらそ》いをしちゃった。すると……。

「おい。おまえら、なにやってんだ？」

いつのまにか、私《わたし》たちのうしろに、宮下《みやした》くんが立《た》っていた。彼《かれ》は、ジュースのペットボトルを両手《りょうて》にもっている。

「あ！」

「今日《きょう》は朝《あさ》から、妙《みょう》にコソコソ動《うご》きまわってるなと思《おも》ってたけど、こういうことだったのか。」

宮下《みやした》くんは、冷《ひ》ややかな目《め》で私《わたし》をみる。

「ごめん……。悪気《わるぎ》はなかったんだけど、あとをつけられたら、いい気《き》はしないよね。」

と、私《わたし》は素直《すなお》にあやまった。

「でも、宮下《みやした》くん、五年生《ねんせい》になってから、変《か》わったっていうか、元気《げんき》がなくなったでしょう。みんな、心配《しんぱい》してるんだよ。」

「そうだよ。よかったら、おれたちに話《はな》してみてくれないか。原因《げんいん》がわかれば、力《ちから》になれるかもしれないだろ。」

「そこで手《て》を消毒《しょうどく》しろよ。」

「へ？」

私《わたし》と片本《かたもと》くんが熱《あつ》くうったえたのに、宮下《みやした》くんはまるっきり表情《ひょうじょう》を変《か》えず、ドアの横《よこ》に置《お》いてある消毒液《しょうどくえき》のボトルを指《ゆび》さした。

「おわったら、なかへ入《はい》れ。」

といって、病室《びょうしつ》のドアを開《ひら》く宮下《みやした》くん。

よかった。追《お》い返《かえ》されるかと思《おも》ったけど、なんとか受《う》けいれてもらえるみたい。


ここは小児病棟《しょうにびょうとう》だから、病室《びょうしつ》もかわいらしかった。

あわいピンクの壁紙《かべがみ》で、カーテンは緑色《みどりいろ》。壁《かべ》には、子《こ》どもに人気《にんき》のキャラクターのステッカーやカレンダーがはってある。

部屋《へや》のなかには、さくでかこまれたベッドのほかに、キャビネットやテレビ、補助《ほじょ》ベッドなんかが置《お》かれていた。

私《わたし》の立《た》ってるところからは、よくみえないけど、ベッドのなかには、だれかが横《よこ》たわってるみたいだわ。

「慎弥《しんや》。ジュース、買《か》ってきたよ。」

「あ。お兄《にい》ちゃん、ありがと。」

そういって、上半身《じょうはんしん》を起《お》こそうとしたのは、小学校低学年《しょうがっこうていがくねん》くらいの男《おとこ》の子《こ》だった。

その子《こ》をみて、私《わたし》は一瞬《いっしゅん》、ハッとしてしまう。

っていうのも、男《おとこ》の子《こ》は髪《かみ》の毛《け》がほとんどなくて、顔《かお》も少《すこ》しむくんでいたからなの。

それだけで、そうとう重《おも》い病気《びょうき》だってことがわかる……。

「弟《おとうと》の慎弥《しんや》だよ。」

そっか。宮下《みやした》くんは、弟《おとうと》のお見舞《みま》いに毎日《まいにち》、病院《びょういん》へ通《かよ》っていたのね。

「慎弥《しんや》。ぼくのクラスメイトの片本《かたもと》と朝丘《あさおか》がお見舞《みま》いにきてくれたよ。」

「はじめまして。朝丘日向《あさおかひなた》です。」

「おれは片本友貴《かたもとともたか》。よろしくな。」

私《わたし》と片本《かたもと》くんは、ベッドのわきまでいって、慎弥《しんや》くんにあいさつをした。

「お兄《にい》ちゃん、お姉《ねえ》ちゃん、こんにちは。ぼくは宮下慎弥《みやしたしんや》っていいます。」

慎弥《しんや》くんは、太陽《たいよう》のようにニッコリと微笑《ほほえ》む。

病気《びょうき》で苦《くる》しんでいるのに、こんなにすてきな笑顔《えがお》をくれるなんて、一瞬《いっしゅん》でもドキッとしちゃった自分《じぶん》がはずかしいよ。

私《わたし》は、心《こころ》のなかで、「ごめんね。」ってあやまった。

「ふたりとも、お兄《にい》ちゃんの友《とも》だちなんでしょう？」

「ええ。そうよ。」

「いいなあ。たくさん友《とも》だちがいて。ぼくは一年生《ねんせい》なんだけど、まだ一回《かい》も学校《がっこう》にいったことがないんだ。」

ずっとニコニコしていた慎弥《しんや》くんも、このときだけはさびしそうな表情《ひょうじょう》をみせた。

もちろん、病気《びょうき》はつらいと思《おも》うけど、学校《がっこう》に通《かよ》えないのは、それ以上《いじょう》にかわいそうかも。

勉強《べんきょう》はともかく、友《とも》だちといっしょに遊《あそ》んだり、給食《きゅうしょく》を食《た》べたり、スポーツをしたりできないなんて、私《わたし》には考《かんが》えられないもん。

「そう……。でも、学校《がっこう》はなくなったりしないから、だいじょうぶよ。クラスのみんなも待《ま》ってるから、がんばって病気《びょうき》を治《なお》そうね。」

「そうだよ。退院《たいいん》したら、おれがサッカーを教《おし》えてやる。楽《たの》しいぞ。」

「それより空手《からて》のほうがいいわよ。お姉《ねえ》ちゃん、こうみえて、かなり強《つよ》いんだから。」

といいながら、正拳《せいけん》で片本《かたもと》くんを軽《かる》くつく私《わたし》。

「なんだよ。おれが先《さき》に約束《やくそく》したんだぞ。」

「あら、慎弥《しんや》くんは、まだ返事《へんじ》をしてないわよ。」

私《わたし》と片本《かたもと》くんがムキになっていいあうのがおかしかったのか、慎弥《しんや》くんは笑顔《えがお》を取《と》りもどしてくれた。

「あの。ぼく、どっちもやってみたいな。それって無理《むり》かな?」

「サッカーと空手《からて》を同時《どうじ》にやるのはむずかしいけど、べつべつなら平気《へいき》だぜ。」

「バカね。そんなのあたりまえじゃない。」

私《わたし》がタイミングよくつっこむと、慎弥《しんや》くんはもちろん、弟《おとうと》の様子《ようす》を心配《しんぱい》そうに見守《みまも》っていた宮下《みやした》くんまで、つられて噴《ふ》きだした。

片本《かたもと》くんとしては、べつにボケたつもりはないんだろうけど、そこがまたおかしいのよね。

そのあと、すっかりうちとけた私《わたし》たち四人《にん》は、いろいろな話《はなし》をした。

なかでも、慎弥《しんや》くんが好《す》きな特撮《とくさつ》ヒーロー番組《ばんぐみ》「逆風戦隊《ぎゃくふうせんたい》クジケンジャー」の話題《わだい》は、妙《みょう》に盛《も》りあがっちゃったの。

この番組《ばんぐみ》は、日曜日《にちようび》の朝《あさ》にやってて、ちょうど私《わたし》の朝食時間帯《ちょうしょくじかんたい》だから、毎週《まいしゅう》なんとなくみてるんだ。五人《にん》の戦士《せんし》が、毎回《まいかい》さまざまなじゃまや苦難《くなん》にうちかつところがかっこいいのよ。

でも、あんまり長居《ながい》をすると慎弥《しんや》くんが疲《つか》れちゃうから、私《わたし》と片本《かたもと》くんは、それから十分《ぷん》くらいして、病室《びょうしつ》をあとにすることにした。

もちろん、近《ちか》いうちに、また遊《あそ》びにくる、って約束《やくそく》するのを忘《わす》れなかったわ。

「びっくりしたか?」

廊下《ろうか》まで送《おく》りにきてくれた宮下《みやした》くんがきいた。

「え……。あ、うん。少《すこ》しだけ……。」

「髪《かみ》の毛《け》がぬけちゃったのも、顔《かお》がむくんでるのも、薬《くすり》の副作用《ふくさよう》なんだよ。はき気《け》もひどいから、かわいそうでな……。」

私《わたし》も片本《かたもと》くんも、結局《けっきょく》、慎弥《しんや》くんの病名《びょうめい》をたずねることができなかった。

生死《せいし》にかかわる病気《びょうき》のような気《き》がして、答《こた》えをきくのが怖《こわ》かったからなんだ。

「つきそいって、宮下《みやした》くんだけなの?」

「うちは、お父《とう》さんがいないから、お母《かあ》さんが昼間《ひるま》働《はたら》いているんだよ。」

宮下《みやした》くんちは、両親《りょうしん》が一昨年《おととし》、離婚《りこん》したらしい。

だから、宮下《みやした》くんは学校《がっこう》がおわるとすぐ慎弥《しんや》くんの病院《びょういん》へゆくんだって。

夜《よる》、お母《かあ》さんがやってきて、宮下《みやした》くんは病室《びょうしつ》でお母《かあ》さんの買《か》ってきたお弁当《べんとう》を食《た》べる。お母《かあ》さんは、そのまま慎弥《しんや》くんのつきそいで病院《びょういん》に泊《と》まっちゃうから、宮下《みやした》くんはひとりで家《いえ》に帰《かえ》ってお風呂《ふろ》に入《はい》って寝《ね》るそうよ。しかも、朝《あさ》ごはんは、コンビニで買《か》ったパンが多《おお》いみたい。

ときどき、いなかのおじいちゃんとおばあちゃんがきてくれるけど、ほとんどはひとりで寝起《ねお》きしてる、っていってた……。

あまりにたいへんな話《はなし》だったから、私《わたし》は、いったいなんてはげましていいのかすら、わからなくなっちゃったの。

「宮下《みやした》。悪《わる》かったな……。おれもクラスのやつらも、おまえのこと、つきあいが悪《わる》くなったとか思《おも》ってたんだ。」

「気《き》にすんなよ。事情《じじょう》を説明《せつめい》しなかったぼくが悪《わる》いんだからさ。」

宮下《みやした》くんは、弱々《よわよわ》しく笑《わら》った。それからすぐ、慎弥《しんや》くんの待《ま》つ病室《びょうしつ》へともどってゆく。

薄暗《うすぐら》くて冷《つめ》たい廊下《ろうか》にぼんやり浮《う》かんだ彼《かれ》のうしろ姿《すがた》は、学校《がっこう》にいるときとはちがって、とても大人《おとな》っぽくみえた。

「宮下《みやした》！」

そのとき、片本《かたもと》くんが、突然《とつぜん》、大声《おおごえ》で呼《よ》びかける。

「ん。どうした？」

といって、ふりむく宮下《みやした》くん。

「慎弥《しんや》くんの病気《びょうき》、必《かなら》ず治《なお》るさ。」

「ああ。ぼくも、そう信《しん》じてる。」

片本《かたもと》くんと宮下《みやした》くんは、目《め》をあわせて、しっかりとうなずきあった。

3 病院《びょういん》でのクリスマス会《かい》

「先生《せんせい》。来週《らいしゅう》のクリスマス会《かい》ですけど、この教室《きょうしつ》以外《いがい》の場所《ばしょ》でやるわけにはいきませんか？」

翌日《よくじつ》の朝《あさ》の会《かい》の時間《じかん》、月乃《つきの》ちゃんが、サッと手《て》をあげて発言《はつげん》する。

「は？　宵宮《よみや》さん、いきなり、なにをいうの？」

おどろく西村先生《にしむらせんせい》に向《む》かって、月乃《つきの》ちゃんは、慎弥《しんや》くんの病気《びょうき》のこと、そして宮下《みやした》くんが毎《まい》日《にち》、必死《ひっし》にがんばっていることを伝《つた》える。

「今朝《けさ》、先生《せんせい》がくる前《まえ》に、クラスみんなで話《はな》しあいました。学校《がっこう》と病院《びょういん》の許可《きょか》さえおりたら、ぜひ港東医大病院《こうとういだいびょういん》の小児病棟《しょうにびょうとう》でクリスマス会《かい》をしたいんです。」

もしかすると、慎弥《しんや》くんの気持《きも》ちをいちばんわかってあげられるのは月乃《つきの》ちゃんかもしれない。彼女《かのじょ》も長《なが》いあいだ、入院《にゅういん》していて、学校《がっこう》へ通《かよ》うことができなかったんだもん。

「慎弥《しんや》くんの病気《びょうき》については、お母《かあ》さんからうかがってるわ。でも、クラスメイトには伝《つた》えないよう、たのまれてたの……。」

「だけど、ぼくたち、もう知《し》っちゃったんだよん。それで、なにもしないでいられるわけないよん。」

モリケンのセリフは、ちょっと緊張感《きんちょうかん》に欠《か》いたけど、クラス全員《ぜんいん》の思《おも》いを代弁《だいべん》してくれたことはまちがいない。と思《おも》ったら……。

「私《わたし》たちが病院《びょういん》でクリスマス会《かい》をしたからといって、宮下《みやした》くんの弟《おとうと》の病気《びょうき》が治《なお》るわけじゃないわ。」

三井由美子《みついゆみこ》さんっていう気《き》の強《つよ》い女《おんな》の子《こ》が、冷静《れいせい》な口調《くちょう》でいった。

もちろん、すぐに男子《だんし》たちから非難《ひなん》の声《こえ》が飛《と》ぶ。

「おい、三井《みつい》。なんてこというんだよ！」

「そうだ。おまえには血《ち》も涙《なみだ》もないのか！」

ところが、三井《みつい》さんは、そんな声《こえ》には耳《みみ》も貸《か》さず、話《はな》しつづけたの。

「だけど、私《わたし》たちにできることって、それくらいしかないんです。小児病棟《しょうにびょうとう》に入院《にゅういん》している子《こ》どもたちが一瞬《いっしゅん》でも元気《げんき》になってくれるなら、私《わたし》たちにとっても最高《さいこう》のクリスマスになるわ。ね、先生《せんせい》。お願《ねが》い。」

いつのまにか、三井《みつい》さんの目《め》からは、涙《なみだ》のしずくが流《なが》れていた。

クールで、人《ひと》にも自分《じぶん》にもきびしくて、「真冬《まふゆ》のかき氷《ごおり》」とか陰口《かげぐち》をたたかれてる彼女《かのじょ》だけど、こんな一面《いちめん》ももってるんだ。

それをみた私《わたし》たちは、一気《いっき》にヒートアップして、それぞれ思《おも》いついたことを提案《ていあん》する。

「できたら、慎弥《しんや》くんのクラスの子《こ》たちも呼《よ》びたいよね。ほんとは私《わたし》たちなんかより、同級生《どうきゅうせい》と友《とも》だちになりたいはずだもん。」

「病棟《びょうとう》には子《こ》どもがたくさんいるんだろ。ひとりにひとつ、プレゼントを用意《ようい》しようぜ。」

「全員《ぜんいん》でクリスマスソングを合唱《がっしょう》しましょうよ。絶対《ぜったい》、楽《たの》しいわ。」

「みんな、ちょっと待《ま》って！」

西村先生《にしむらせんせい》が、盛《も》りあがる生徒《せいと》をしずめようと両手《りょうて》を広《ひろ》げながら、大声《おおごえ》をだす。

「まずは、宮下《みやした》くんの意見《いけん》をききましょう。ほんとうは気《き》が進《すす》まないのに、どんどん話《はなし》が進《すす》んでしまって、断《ことわ》りきれないでいるかもしれないわ。」

もちろん、今朝《けさ》の話《はな》しあいでは、宮下《みやした》くんも病院《びょういん》でのクリスマス会《かい》に賛成《さんせい》してくれた。

だけど、西村先生《にしむらせんせい》のいうとおり、まわりがさわぎすぎちゃって、本音《ほんね》をいえなくなってるって可能性《かのうせい》もある。

「宮下《みやした》くん。正直《しょうじき》な気持《きも》ちを話《はな》してくれる？」

「あ……。はい。わかりました。」

教室《きょうしつ》のいちばん前《まえ》の席《せき》に座《すわ》っていた宮下《みやした》くんは、少《すこ》し考《かんが》えたあと、ボソボソと話《はな》しはじめた。

「慎弥《しんや》の病気《びょうき》のことは、一年《ねん》の子《こ》たちにも、ぼくの友《とも》だちにも話《はな》さないでおこう、ってお母《かあ》さんと決《き》めました。誤解《ごかい》されるとイヤなので病名《びょうめい》はいえないけど、慎弥《しんや》にもしものことがあったら、みんなが悲《かな》しむから……。」

もしものこと、って、やっぱり慎弥《しんや》くんは命《いのち》の危険《きけん》にさらされてるんだ……。

「それに、あいつ、髪《かみ》の毛《け》はぬけちゃったし、顔《かお》もむくんでるから、お見舞《みま》いにきてもらっても、うれしくないだろうと思《おも》ったんです。」

宮下《みやした》くんやお母《かあ》さんが、そう考《かんが》えるのも無理《むり》はないと思《おも》う。同情《どうじょう》されるのはイヤだし、興味本位《きょうみほんい》で話題《わだい》にされるのはもっとイヤだもん。

「でも、慎弥《しんや》は、やっぱり友《とも》だちがほしいんだ。昨日《きのう》、片本《かたもと》と朝丘《あさおか》が病室《びょうしつ》にきてくれたとき、とてもうれしそうだった。あんな明《あか》るい表情《ひょうじょう》は、しばらくみたことがなかったよ。」

ここで、宮下《みやした》くんは、クルッとうしろをふりむき、声《こえ》をはりあげる。

「だから、もし、みんなが協力《きょうりょく》してくれたら、慎弥《しんや》はもちろん、入院《にゅういん》しているほかの子《こ》どもたちだって、きっと喜《よろこ》ぶと思《おも》います。」

「よっしゃ！　これで決《き》まりだな、先生《せんせい》。」

と、イスから立《た》ちあがってさけぶ片本《かたもと》くん。

「そうね。わかったわ。慎弥《しんや》くんの担任《たんにん》の水谷先生《みずたにせんせい》と相談《そうだん》して、病院《びょういん》に連絡《れんらく》してみる。」

「先生《せんせい》。がんばってよーん。」

モリケンが体《からだ》をくねくねさせて、おどけながらいった。

「まかしときなさい。どんな手《て》を使《つか》っても、必《かなら》ず許可《きょか》を得《え》てみせるわ。」

「おおーっ。さっすが二十七年間《ねんかん》彼氏《かれし》も作《つく》らず、ひとりっきりで生《い》きてきた女《おんな》は強《つよ》いな！」

調子《ちょうし》に乗《の》った片本《かたもと》くんが、ついに禁句《きんく》を口《くち》にする。

教室《きょうしつ》の空気《くうき》は一瞬《いっしゅん》にしてこおりつき、クリスマス会《かい》の話題《わだい》は、突然《とつぜん》おしまいになった。

しかも、その日《ひ》は、クラス全員《ぜんいん》にふだんの三倍《ばい》の量《りょう》の宿題《しゅくだい》がだされちゃうし……。

ああ。どんなに感動的《かんどうてき》な場面《ばめん》でも、きっちり連帯責任《れんたいせきにん》をとらせるところなんて、ほんと西村先《にしむらせん》生《せい》は、甘《あま》さひかえめだよ。

4 それぞれの準備《じゅんび》

その日《ひ》の帰《かえ》りの会《かい》のとき、西村先生《にしむらせんせい》からうれしい報告《ほうこく》があった。

来週《らいしゅう》の火曜日《かようび》、港東医大病院《こうとういだいびょういん》の小児病棟《しょうにびょうとう》にあるプレイルームで、クリスマス会《かい》をする許可《きょか》がおりたの。っていうか、看護師長《かんごしちょう》さんに、「子《こ》どもたちが喜《よろこ》ぶから、ぜひやってください。」っていわれたんだって。

ちなみに慎弥《しんや》くんのクラスメイトは一年生《ねんせい》だから、全員《ぜんいん》がいくと収拾《しゅうしゅう》がつかなくなるってことで、代表《だいひょう》として男女《だんじょ》ふたりずつが参加《さんか》することになった。

これで私《わたし》たちの希望《きぼう》がかなったわけだけど、責任《せきにん》も重大《じゅうだい》だわ。なんとしても、子《こ》どもたちが大《おお》喜《よろこ》びしてくれるクリスマス会《かい》をもよおさないとね。

「いいか。いままで準備《じゅんび》していた劇《げき》や漫才《まんざい》は、全部《ぜんぶ》ボツだ。小《ちい》さな子《こ》にもわかるようなプログラムに、作《つく》りなおすぞ。」

「とにかく時間《じかん》がないからね。男子《だんし》も女子《じょし》も、ケンカなんかしないで協力《きょうりょく》するのよ。」

教室《きょうしつ》に、片本《かたもと》くんと私《わたし》の声《こえ》がひびきわたる。

放課後《ほうかご》なのに、五年《ねん》三組《くみ》の生徒《せいと》はひとりも欠《か》けることなく、全員《ぜんいん》が残《のこ》っていた。

クラスがこれほど結束《けっそく》するのは、五年《ねん》になってはじめてかもしれない。文句《もんく》をいう人《ひと》やしらけてる人《ひと》なんかひとりもいなかったんだよ。

中学受験《ちゅうがくじゅけん》をする予定《よてい》の三井《みつい》さんは進学塾《しんがくじゅく》をサボっちゃったし、片本《かたもと》くんだって大好《だいす》きなサッカーを封印《ふういん》した。

もちろん私《わたし》も、今週《こんしゅう》は空手《からて》教室《きょうしつ》を休《やす》むことにしたの。それって、忠犬《ちゅうけん》ハチ公《こう》がご主人《しゅじん》さまをむかえにいかないくらいめずらしいことなのよ。

「問題《もんだい》は、どんなプログラムにするかね。」

三井《みつい》さんが、けわしい表情《ひょうじょう》でいう。

「なー、宮下《みやした》の弟《おとうと》は、クジケンジャーの大《だい》ファンなんだろー。だったらさ、ぼくたちでクジケンジャーショウをしようよん。きっと喜《よろこ》ぶよーん。」

モリケンが提案《ていあん》すると、設楽椎奈《したらしいな》ちゃんって子《こ》がすかさず反論《はんろん》した。

「いまから、衣装《いしょう》や小道具《こどうぐ》をそろえるなんて無理《むり》、無理《むり》。だいたい、五色《しょく》の全身《ぜんしん》タイツなんて、どうやって手《て》に入《い》れるのよ。」

「それじゃあさ、宮下《みやした》くんの弟《おとうと》には病室《びょうしつ》にはっておけるポスターを作《つく》ってプレゼントするってのはどう？　漫画《まんが》の得意《とくい》な男子《だんし》がクジケンジャーの絵《え》を描《か》くのよ。」

椎奈《しいな》ちゃんの親友《しんゆう》の中井桃花《なかいももか》ちゃんが、ポンと手《て》を打《う》つ。

「あー、それ、いいじゃん。」

「でもさ、ひな。うちのクラスに漫画《まんが》のうまいやつなんて、いたっけ？」

椎奈《しいな》ちゃんが、またしてもケチをつける。

うーん。ま、たしかに、漫画《まんが》の得意《とくい》な男子《だんし》って、思《おも》いうかばないな……。

「ひなちゃん。悠輔《ゆうすけ》くんにたのんでみたら、どうかしら？」

「え……、って、あー、悠輔《ゆうすけ》くんかー。月乃《つきの》ちゃん、ナイスアイディアだよ。」

「だ、だれだよん、悠輔《ゆうすけ》くんって？」

「私《わたし》たちの知《し》りあいに、すごく絵《え》がじょうずな子《こ》がいるの。プロの漫画家《まんがか》になるのが夢《ゆめ》っていうだけあって、かなり本格的《ほんかくてき》なんだよ。」

その子《こ》は、古森悠輔《こもりゆうすけ》くんっていって、埼玉県《さいたまけん》に住《す》んでいる。

今年《ことし》の夏《なつ》、私《わたし》と月乃《つきの》ちゃんは、群馬県《ぐんまけん》のお寺《てら》で彼《かれ》と知《し》りあったんだ。同《おな》じ年《とし》なのに、敬語《けいご》で話《はな》すところがちょっと変《か》わってるけど、やさしくていい子《こ》なんだよ。

「じゃあ、慎弥《しんや》くんのプレゼントは、そいつにたのんでみてくれ。ってことで、さっさとプログラムを決《き》めちまおうぜ。」


それから、クラス全員《ぜんいん》で話《はな》しあいをして、だしものと各自《かくじ》の役割分担《やくわりぶんたん》をした。

あまりよくばるとうまくいかないから、プログラムは三つにしぼったんだ。

ひとつめは、ディケンズの『クリスマス・キャロル』の劇《げき》。ふたつめが、慎弥《しんや》くんのクラスメイト四人《にん》を加《くわ》えたクリスマスソングの合唱《がっしょう》。

そして、大《おお》トリが「白魔導師《しろまどうし》ルナ」のマジックよ。

え。白魔導師《しろまどうし》ルナって、何者《なにもの》かって？

もちろん、月乃《つきの》ちゃんのことに決《き》まってるじゃない。

「すごいわ。推理《すいり》だけじゃなくて、手品《てじな》もできるなんて！」

キョンちゃんが、尊敬《そんけい》のまなざしで月乃《つきの》ちゃんをみつめる。

「まだ練習中《れんしゅうちゅう》で、人《ひと》にみせられるようなレベルではないの。だから、クリスマス会《かい》ではテクニックのいらない手品《てじな》をいくつか用意《ようい》するつもりよ。」

どんなマジックを披露《ひろう》してくれるのかは、当日《とうじつ》までのお楽《たの》しみなんだって。

ま、これは月乃《つきの》ちゃんにまかせておけば、だいじょうぶね。

それより気《き》になるのは劇《げき》のほうだよ。なんたって、主役《しゅやく》のスクルージ役《やく》に決《き》まったのがモリケンなんだもん。スクルージは、ケチで冷酷《れいこく》なおじいさん。それをモリケンがどう演《えん》じるか、不安《ふあん》半分《はんぶん》、楽《たの》しみ半分《はんぶん》ってところだわ。

ちなみに、私《わたし》の担当《たんとう》は総合司会《そうごうしかい》だから、劇《げき》も歌《うた》も練習《れんしゅう》する必要《ひつよう》がないの。

で、当日《とうじつ》までは、小道具《こどうぐ》や衣装《いしょう》を用意《ようい》したり、子《こ》どもたちにプレゼントする紙製《かみせい》の花束《はなたば》や大道具《おおどうぐ》を作《つく》ったりっていう裏方《うらかた》の仕事《しごと》をやることになったんだ。

はりきりすぎて全力《ぜんりょく》で飛《と》ばしちゃった私《わたし》は、クリスマス会《かい》の準備初日《じゅんびしょにち》から、クタクタになって家《いえ》に帰《かえ》った。

南風商店街《みなみかぜしょうてんがい》のいろんなお店《みせ》をまわって段《だん》ボール箱《ばこ》をもらってきたり、その段《だん》ボールを使《つか》って劇《げき》のセットを作《つく》ったりっていう力仕事《ちからしごと》がけっこう多《おお》かったからなのよね。

夕食《ゆうしょく》をとって、お風呂《ふろ》に入《はい》って、今夜《こんや》は早《はや》めに寝《ね》ようっと思《おも》ったとき、気《き》がついた。

そうだ。悠輔《ゆうすけ》くんに電話《でんわ》しなくちゃいけないんだ。

悠輔《ゆうすけ》くんとは四か月《げつ》くらい前《まえ》に一度会《どあ》っただけだから、私《わたし》のことを覚《おぼ》えてないかも？　なんて心配《しんぱい》したんだけど、彼《かれ》は、私《わたし》の声《こえ》を耳《みみ》にしたとたん、女《おんな》の子《こ》みたいに甲高《かんだか》くさけんだの。

「あ！　もしかして、朝丘《あさおか》さんですか？」

「ひさしぶりなのに、よくわかったわね。」

「声《こえ》の質《しつ》っていうより、大《おお》きさでわかりましたよ。」

「あら。私《わたし》って、そんなに大声《おおごえ》かしら？」

私《わたし》が不機嫌《ふきげん》な声《こえ》をだすと、悠輔《ゆうすけ》くんはあわててフォローする。

「あ、いえ、元気《げんき》がよくて、うらやましいんです。ぼくはいつも声《こえ》が小《ちい》さいとか、暗《くら》いとかいわれてしまうので……。」

「それは悠輔《ゆうすけ》くんの個性《こせい》なんだから、気《き》にすることないよ。ところで、今日《きょう》は、ちょっと協力《きょうりょく》してほしいことがあって電話《でんわ》したんだ。」

といって、私《わたし》は、かんたんに事情《じじょう》を説明《せつめい》した。

すると、悠輔《ゆうすけ》くんたら、話《はなし》を最後《さいご》まできかないうちに力強《ちからづよ》くこういったの。

「ぼくができることなら、なんでもやります！」

「あ、ありがとう……。えっと、それでね、悠輔《ゆうすけ》くんにはクジケンジャーのポスターを作《つく》ってもらいたいのよ。」

「ポスターですか……。」

「うん。むずかしいかなぁ？」

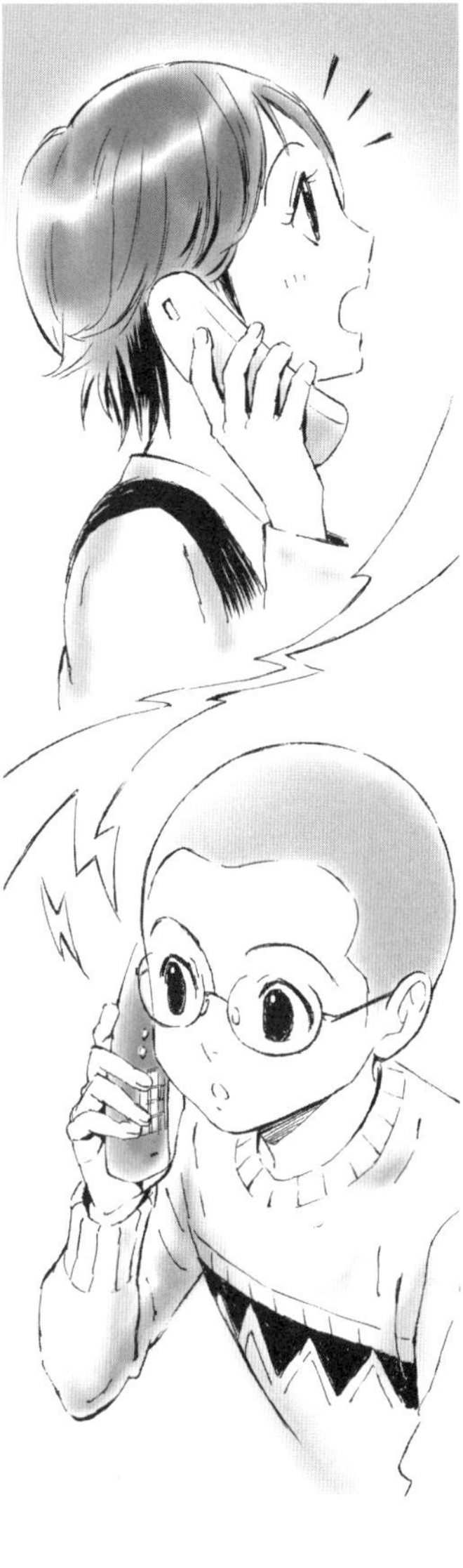

「いえ。そうではなく、かんたんすぎるんですよ。」

「へ？」

「慎弥《しんや》くんは必死《ひっし》で病気《びょうき》と戦《たたか》ってるのに、健康《けんこう》なぼくが楽《らく》をするわけにはいきません！　今日《きょう》を入《い》れたらクリスマス会《かい》までは五日《いつか》ありますから、毎晩徹夜《まいばんてつや》するつもりで作品《さくひん》を制作《せいさく》しますよ。」

悠輔《ゆうすけ》くんの正義感《せいぎかん》とアーチストとしてのプライドに火《ひ》がついちゃったみたい。

気合《きあい》を入《い》れてくれるのはうれしいけど、実物大《じつぶつだい》のクジケンロボ（身長《しんちょう》十七メートル）でも作《つく》られちゃったらこまるし……。

「あ、あのさ、それで、なにを作《つく》ってくれるの？」

「それは秘密《ひみつ》です。前日《ぜんじつ》までには、朝丘《あさおか》さんのところに着《つ》くようお送《おく》りしますから、楽《たの》しみにしていてください。」


そんなこんなで、あっというまに時間《じかん》が流《なが》れて、クリスマス会前日《かいぜんじつ》になる。

私《わたし》たち五年《ねん》三組《くみ》の生徒《せいと》たちは、今日《きょう》もおそくまで教室《きょうしつ》に残《のこ》って、最後《さいご》のしあげをしていた。ずいぶん前《まえ》から外《そと》は真《ま》っ暗《くら》だったけど、だれも家《いえ》に帰《かえ》ろうとしなかったの。

けど、とうとう西村先生《にしむらせんせい》にみつかっちゃったのよね。

先生《せんせい》は、教室《きょうしつ》に入《はい》ってくるなり、クジケンジャーの宿敵《しゅくてき》アキラメン伯爵《はくしゃく》のように恐《おそ》ろしい顔《かお》で怒鳴《どな》った。

「あなたたち、いつまで残《のこ》ってるの！」

教室《きょうしつ》のあちこちから、「やべぇ。」とか「殺《ころ》される。」とかって声《こえ》がもれる。

「準備《じゅんび》ができたところまででいいわ。とにかく、今日《きょう》は、もう帰《かえ》りなさい！」

「あー、先生《せんせい》。いま、だいたいおわったんだ。これから最終《さいしゅう》チェックをするから、ちょっとだけ待《ま》ってよ。」

片本《かたもと》くんが最高《さいこう》の笑顔《えがお》を作《つく》りながら先生《せんせい》に近《ちか》づく。これだけにこやかな笑《え》みをみせられたら、さすがの西村先生《にしむらせんせい》も怒《おこ》ることができなくなっちゃうわ。

そのすきに、教室《きょうしつ》の真《ま》んなかに立《た》って、声《こえ》をはりあげる片本《かたもと》くん。

「えーと、まず、劇《げき》の班《はん》はどうだ？」

「ほぼ完璧《かんぺき》だけど、ひとつだけ問題《もんだい》があるわ。」

劇《げき》の演出《えんしゅつ》を担当《たんとう》している三井《みつい》さんが淡々《たんたん》と答《こた》える。

「な、なんだよ、問題《もんだい》って？」

「主役《しゅやく》がなかなかセリフを覚《おぼ》えてくれないのよ。森口《もりぐち》くん、明日《あした》までに、ちゃんと暗記《あんき》してきてよ。」

といって、氷《こおり》のようなまなざしで、モリケンをにらむ三井《みつい》さん。

「だいじょうぶだよーん。ぼくは、本番《ほんばん》に強《つよ》いからねー。」

たしかに、天才《てんさい》モリケンの辞書《じしょ》に「プレッシャー」という文字《もじ》はなさそうだし、ハプニングが起《お》こっても、それを逆《ぎゃく》に利用《りよう》しちゃいそうなふてぶてしさがある。

「次《つぎ》。合唱《がっしょう》のほうは、うまくいってるか？」

「バッチリだね。」

合唱《がっしょう》の責任者《せきにんしゃ》の菊池聡太《きくちそうた》くんが即答《そくとう》した。

菊池《きくち》くんのお母《かあ》さんはピアニストで、彼《かれ》も三歳《さい》からピアノを教《おそ》わっているそうよ。もちろん、ピアノはメチャクチャうまいし、音楽全般《おんがくぜんぱん》が得意《とくい》なんだ。

「さっき一年生《ねんせい》のクラスにいって、いっしょに練習《れんしゅう》してみたけど、かなりいい感《かん》じだったよ。うまいというより、かわいいんだ。」

「そっか。そりゃあ、楽《たの》しみだぜ。えっと、宵宮《よみや》の手品《てじな》は、きくまでもないな。となると、あとは司会者《しかいしゃ》か……。」

「それはまったく心配《しんぱい》ないわ。ギャグを連発《れんぱつ》して、会場《かいじょう》を笑《わら》いのうずにまきこんじゃうから。」

最初《さいしょ》に予定《よてい》してた漫才《まんざい》ができなくなったこともあって、私《わたし》はひそかに気合《きあい》を入《い》れてたの。司会《しかい》でガツンガツン会場《かいじょう》を沸《わ》かせたら、劇《げき》や合唱《がっしょう》や手品《てじな》がやりやすくなるもんね。

「大道具《おおどうぐ》、小道具《こどうぐ》、衣装《いしょう》、プレゼント。全部《ぜんぶ》そろってるわ。」

必要《ひつよう》なものが書《か》いてあるリストのチェックをおえたキョンちゃんが、顔《かお》を真《ま》っ赤《か》にしながらいった。

「よっしゃー。これで完璧《かんぺき》だ！」

片本《かたもと》くんの咆哮《ほうこう》を耳《みみ》にした私《わたし》たちは、一気《いっき》に解放感《かいほうかん》にひたる。まるで無数《むすう》のジェット風船《ふうせん》が空《そら》に放《はな》たれるみたいに、教室《きょうしつ》のあちこちから意味不明《いみふめい》のさけび声《ごえ》があがった。

みんな、ここ数日《すうじつ》、ほんとにがんばったもんね。

劇《げき》や合唱班《がっしょうはん》の人《ひと》は、土日《どにち》も集《あつ》まって練習《れんしゅう》をしてたし、私《わたし》たち裏方《うらかた》も、材料《ざいりょう》を家《いえ》にもちかえって夜《よる》おそくまで作業《さぎょう》をしたんだ。

そのせいで、ずっと寝不足《ねぶそく》だったけど、今夜《こんや》はひさしぶりにぐっすり眠《ねむ》れる。

と思《おも》ったら……。

「ねえ、ひな。そういえば、慎弥《しんや》くんのプレゼントのほうは、だいじょうぶなの？」

「あーっ、すっかり忘《わす》れてた！」

椎奈《しいな》ちゃんに質問《しつもん》されて、悠輔《ゆうすけ》くんのことを思《おも》いだす私《わたし》。

あれから彼《かれ》とは連絡《れんらく》をとっていないから、制作《せいさく》がどこまで進《すす》んでるか知《し》らないのよ。

「で、でも、心配《しんぱい》いらないわ。前日《ぜんじつ》までには送《おく》ってくれるっていう約束《やくそく》だから、帰《かえ》ったら届《とど》いてるはずだよ。」

ところが、家《いえ》に帰《かえ》ってみると、悠輔《ゆうすけ》くんの作品《さくひん》が着《つ》いていなかった……。

うぎゃー。な、なにがあったんだろう？

不安《ふあん》になった私《わたし》は、すぐ悠輔《ゆうすけ》くんに電話《でんわ》してみる。

「すみません。まだ、できあがらないんです。」

「ええーっ。ウッソー！」

「でも、明日《あす》の朝《あさ》までには、なんとか完成《かんせい》させますから、ご心配《しんぱい》なく。」

「だ、だって、クリスマス会《かい》は明日《あした》なんだよ。悠輔《ゆうすけ》くんだって学校《がっこう》があるでしょうし、どうやって届《とど》けてくれるつもりなの？」

「直接《ちょくせつ》、病院《びょういん》にもっていけるような方法《ほうほう》を、これから考《かんが》えます。」

これから考《かんが》えるってことは、いまのところ、まだなんの策《さく》もないってことよね……。

メチャクチャ不安《ふあん》だけど、ここまできたら悠輔《ゆうすけ》くんを信《しん》じるしかないわ。

「わかった。制作《せいさく》のじゃまをしちゃ悪《わる》いから、電話《でんわ》をきるわ。大変《たいへん》だけど、がんばってね。」

5 白魔導師《しろまどうし》ルナ

さて、待《ま》ちに待《ま》ったクリスマス会当日《かいとうじつ》。

今日《きょう》は天気《てんき》もいいし、十二月下旬《がつげじゅん》にしては、あたたかいほうだった。

私《わたし》たち五年《ねん》三組全員《くみぜんいん》と一年生《ねんせい》四人《にん》、西村先生《にしむらせんせい》、水谷先生《みずたにせんせい》は、朝早《あさはや》く電車《でんしゃ》で港東医大病院《こうとういだいびょういん》に向《む》かう。

劇《げき》のセットや衣装《いしょう》は、体育《たいいく》の教科担任《きょうかたんにん》の諸角亮先生《もろずみりょうせんせい》が車《くるま》につんで運《はこ》んでくれたの。諸角先生《もろずみせんせい》は大学《だいがく》のとき、アメリカンフットボールをしていたから、ものすごく力《ちから》もちで、劇《げき》のセットくらいなら軽々《かるがる》もちはこんじゃうんだ。

で、私《わたし》たちが病院《びょういん》に着《つ》いたときには、プレイルームとひかえ室《しつ》になっている談話室《だんわしつ》に荷物《にもつ》が全部《ぜんぶ》そろっていた。

「諸角先生《もろずみせんせい》、すてき。うちのクラスの軟弱《なんじゃく》な男子《だんし》とは、ひと味《あじ》ちがうわ。」

「ほんと。やっぱ、男《おとこ》の価値《かち》は筋肉《きんにく》の量《りょう》で決《き》まるのよねー。」

「おいおい。大人《おとな》をからかってないで、早《はや》くしたくをしなさい。子《こ》どもたちが待《ま》ってるぞ。」

「はーい。」

というわけで、私《わたし》たちは、すぐにクリスマス会《かい》の準備《じゅんび》に取《と》りかかった。

会場《かいじょう》のプレイルームは、南風小《みなみかぜしょう》の教室《きょうしつ》をひとまわり小《ちい》さくしたくらいの大《おお》きさだった。

病院側《びょういんがわ》もクリスマス会《かい》の準備《じゅんび》をしてくれていたみたいで、ピンクの壁《かべ》には子《こ》どもたちが描《か》いたらしいサンタクロースやクリスマスツリーの絵《え》、金銀《きんぎん》のモールがたくさんかざられていて、それだけで楽《たの》しい気分《きぶん》になれる。

劇《げき》のセットが完成《かんせい》したころ、子《こ》どもたちがゾロゾロと入《はい》ってきた。

幼稚園《ようちえん》くらいの子《こ》から、私《わたし》たちと同《おな》じくらいの年《とし》の子《こ》までいたかなあ。みんな、フローリングの床《ゆか》に体育座《たいいくずわ》りをして、会《かい》のはじまりを今《いま》か今《いま》かと待《ま》っているの。

子《こ》どもたち以外《いがい》にも、看護師《かんごし》さんやお母《かあ》さんたちまで参加《さんか》してくれたから、会場《かいじょう》はかなりギュウギュウになっちゃった。でも、人数《にんずう》が多《おお》いほうが盛《も》りあがるから、うれしいわ。

ところで、看護師《かんごし》さんの話《はなし》では、すべての子《こ》どもたちが参加《さんか》できるわけじゃないらしい。重《おも》い病気《びょうき》やケガで、ベッドから起《お》きあがれない子《こ》も大勢《おおぜい》いるんだって。

クリスマス会《かい》がおわったあと、私《わたし》たちは紙製《かみせい》の花束《はなたば》をプレゼントするために、手分《てわ》けをして各《かく》病室《びょうしつ》をまわる予定《よてい》なの。参加《さんか》できなかった子《こ》は、それで、少《すこ》しでもクリスマスの気分《きぶん》を味《あじ》わってもらいたいな。


さて、最初《さいしょ》のだしものは、『クリスマス・キャロル』の劇《げき》だった。

モリケン演《えん》じるスクルージは、がめついっていうより、天然《てんねん》ボケの憎《にく》めないキャラになっちゃってたし、結局《けっきょく》セリフは全部《ぜんぶ》覚《おぼ》えてこなかったみたいだけど、とぼけたアドリブが逆《ぎゃく》に子《こ》どもたちには受《う》けてたんだ。

もちろん、共演者《きょうえんしゃ》や鬼演出家《おにえんしゅつか》三井《みつい》さんのフォローもあって、なんとか話《はなし》は進《すす》んだの。

そして、スクルージがいい人《ひと》になって、足《あし》の悪《わる》い、病気《びょうき》の男《おとこ》の子《こ》ティムが死《し》なずにすんだラストシーンでは、あちこちからすすり泣《な》く声《こえ》がきこえてきた。よくみると、看護師《かんごし》さんやお母《かあ》さんたちの目《め》にも涙《なみだ》が浮《う》かんでいる。

ここにいる子《こ》どもたち全員《ぜんいん》が、ティムみたいに元気《げんき》になってほしい、っていうのが、みんなの気持《きも》ちだったと思《おも》うよ。

うってかわって、次《つぎ》の合唱《がっしょう》は、にぎやかで、楽《たの》しいふんいきだった。

「ジングルベル」とか「赤鼻《あかはな》のトナカイ」とか、明《あか》るくてうたいやすい選曲《せんきょく》だったから、一年生《ねんせい》たちはもちろん、病院《びょういん》にいる子《こ》どもたちもいっしょにうたえて、すごく盛《も》りあがったの。

それだけじゃなくて、合唱班《がっしょうはん》の最大《さいだい》の見《み》せ場《ば》は「ウインター・ワンダーランド」を英語《えいご》の歌詞《かし》で合唱《がっしょう》したところ。

みんな、CD《シーディー》を何度《なんど》もきいて、必死《ひっし》に歌詞《かし》を覚《おぼ》えてたもんね。そのかいあって、拍手喝采《はくしゅかっさい》だったんだよ。

調子《ちょうし》に乗《の》った菊池《きくち》くんは、もちこんだキーボードで、即興《そっきょう》のテクノポップ調《ちょう》「ホワイト・クリスマス」を演奏《えんそう》しちゃったりして、これはお母《かあ》さんたちに、すごく受《う》けてたわ。

さあ、このあとは休憩《きゅうけい》をはさんで、いよいよ白魔導師《しろまどうし》ルナのマジックだよ。

「わー。かっわいいーっ！」

ひかえ室《しつ》で衣装《いしょう》に着替《きが》えた月乃《つきの》ちゃんをみた私《わたし》は、廊下《ろうか》まできこえるくらいの声《こえ》でさけんだ。

だって、月乃《つきの》ちゃんの衣装《いしょう》は、大《おお》きな牡丹《ぼたん》の花柄《はながら》の真《ま》っ白《しろ》なチャイナドレスだったんだもん。

しかも、ヘアスタイルはダブルシニヨン。

どこからみても、エキゾチックなチャイナガールって感《かん》じだよ。

「中華街《ちゅうかがい》にいったとき、お父《とう》さんが買《か》ってくれたんだけど、はずかしくて着《き》る機会《きかい》がなかったの。」

こんだけかわいいのに、はずかしいなんて信《しん》じられない。

私《わたし》なんて、南風商店街《みなみかぜしょうてんがい》の電器屋《でんきや》さんで借《か》りたサンタクロースの衣装《いしょう》……。しかも、サイズが大《おお》きいから、そでも丈《たけ》も長《なが》いし、おなかまわりもダブダブなんだよ。

ま、でも、私《わたし》の使命《しめい》は、場《ば》を盛《も》りあげることだから、気《き》にしないでいきましょう。


「さて、次《つぎ》は、南風小《みなみかぜしょう》がほこる奇跡《きせき》のイリュージョニスト、白魔導師《しろまどうし》ルナの登場《とうじょう》よ！」

司会《しかい》の私《わたし》がはりきってさけんだのに、なぜか、子《こ》どもたちはポカーンとした顔《かお》をしている。

「あれー、みんな、どうしたのかな？　元気《げんき》ないぞー。」

「お姉《ねえ》ちゃん。白魔導師《しろまどうし》って、なに？」

「へ？　あ、えーと、かんたんにいうと、いい魔法使《まほうつか》いのことかな。」

そういった瞬間《しゅんかん》、今度《こんど》は思《おも》いっきりびっくりする子《こ》どもたち。

「だからね、これからみせてくれるのは、手品《てじな》じゃなくて魔法《まほう》なんだよ。楽《たの》しみだよねー。」

「うん！」

「それじゃ、さっそく白魔導師《しろまどうし》ルナを呼《よ》んでみよう。みんなも、お姉《ねえ》さんといっしょに大《おお》きな声《こえ》で名前《なまえ》を呼《よ》んでね。いい？　せーの！」

「白魔導師《しろまどうし》ルナ！」

ルナは、ほおを真《ま》っ赤《か》にそめて、うつむきかげんで舞台《ぶたい》に現《あらわ》れた。好奇心《こうきしん》に満《み》ちた子《こ》どもたちにじーっとみつめられて、はずかしくなっちゃったのかな。

それでも、深呼吸《しんこきゅう》をして、深々《ふかぶか》とおじぎをしたあとは落《お》ちついたみたいで、しっかりとした声《こえ》でこういった。

「みなさん、はじめまして。白魔導師《しろまどうし》ルナです。今日《きょう》は、かんたんな魔法《まほう》をふたつ紹介《しょうかい》したいと思《おも》います。どなたか、私《わたし》のお手伝《てつだ》いしてくれるかたはいませんか？」

目《め》の前《まえ》にいる子《こ》どもたちは、緊張《きんちょう》しているのか、最初《さいしょ》はなんの反応《はんのう》も示《しめ》さなかった。そのうち、まわりをキョロキョロと気《き》にしだしたんだけど、それでも名乗《なの》りをあげる子《こ》はいない。

だれもいないなら、私《わたし》が手伝《てつだ》おうかな、と思《おも》った瞬間《しゅんかん》、おさげ髪《がみ》の女《おんな》の子《こ》が、そうっと手《て》をあげた。

ルナは、やさしく微笑《ほほえ》んで、その子《こ》を舞台《ぶたい》の上《うえ》のハイテーブルにまねく。

「お名前《なまえ》と学年《がくねん》を教《おし》えてもらえますか？」

「あ、えっと、木村《きむら》あかね、小学《しょうがく》二年生《ねんせい》です。」

なんの病気《びょうき》で入院《にゅういん》しているのかわからないけど、あかねちゃんは顔色《かおいろ》が少《すこ》しだけ青白《あおじろ》い。もしかすると、長《なが》いあいだ、病院《びょういん》で生活《せいかつ》しているのかもしれないわ。

「それじゃ、あかねちゃん。このトランプをよくきってくれますか？」

といって、一組《ひとくみ》のトランプをあかねちゃんに手渡《てわた》すルナ。

「きりおわったら、真《ま》んなかあたりでふたつにわけて、半分《はんぶん》を私《わたし》にください。」

ルナとあかねちゃんは、テーブルをはさんで向《む》かいあう。あかねちゃんは、観客《かんきゃく》にすっかりおしりを向《む》けていたけど、ちっちゃいからルナの姿《すがた》がみえなくなったりはしなかった。

「次《つぎ》は、おたがいカードの山《やま》から一枚《まい》だけ頭《あたま》をだして、相手《あいて》にみせます。このとき、自分《じぶん》はカードをみちゃダメよ。」

ルナがお手本《てほん》を示《しめ》すと、あかねちゃんは一所懸命《いっしょけんめい》真似《まね》をする。

これで、ルナのカードはあかねちゃんがチェックして、あかねちゃんのカードはルナがチェックしたことになるわね。

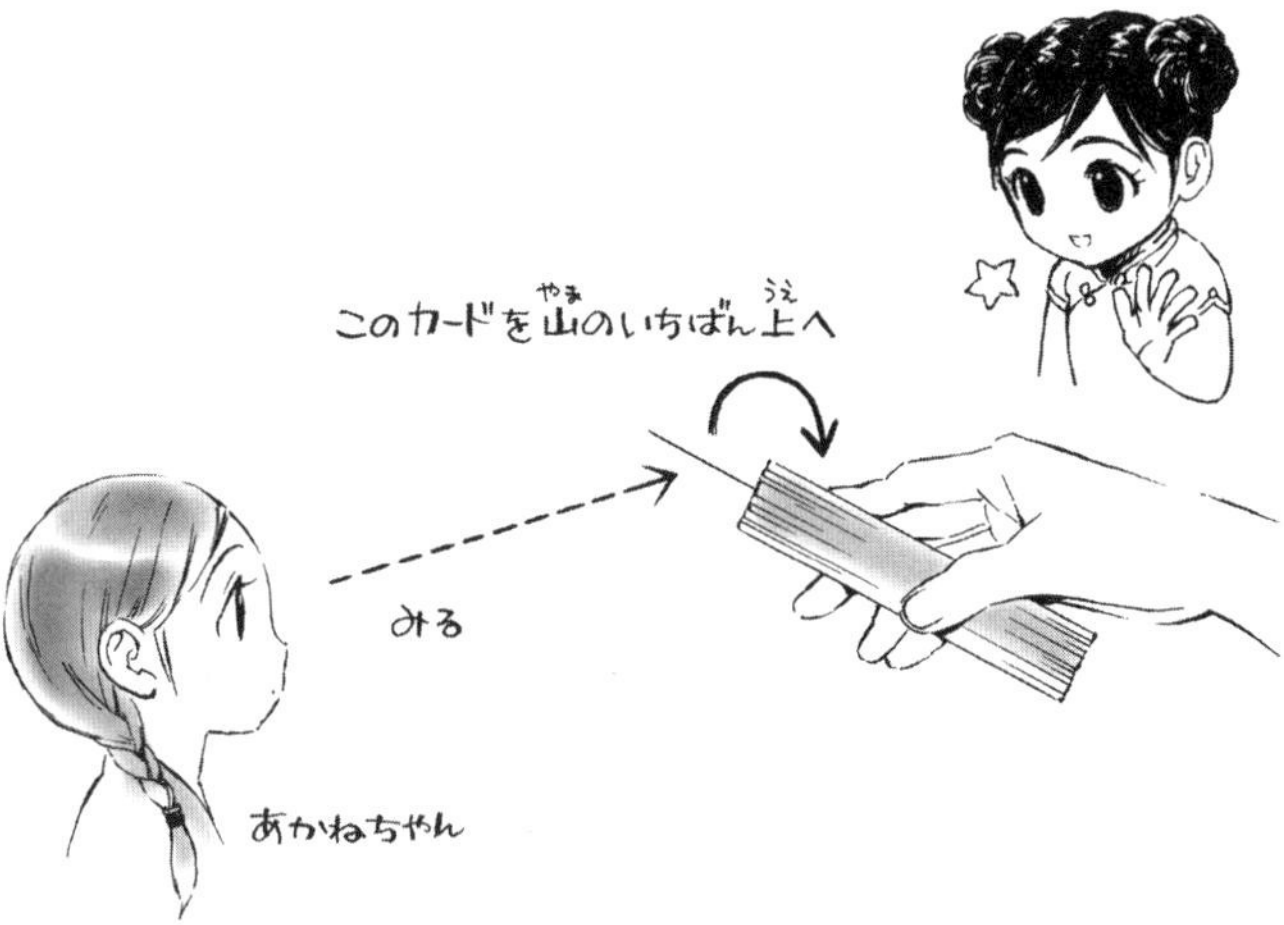

「それでは、いまみせたカードを、それぞれの山《やま》のいちばん上《うえ》に置《お》きましょう。そのあと、ふたりの山《やま》を重《かさ》ねますね。」

まず、ルナがテーブルの上《うえ》にカードの山《やま》を置《お》いて、その上《うえ》にあかねちゃんが山《やま》を載《の》せる。すると、トランプは元《もと》の一組《ひとくみ》にもどった。

「これで、私《わたし》たちがチェックしたカードは、どうなったかしら？」

「えっと、白魔導師《しろまどうし》ルナがみたカードはいちばん上《うえ》にあるわ。私《わたし》のカードは真《ま》んなかへんね。」

「えらいわ。よくみていたわね。」

ルナは、あかねちゃんの頭《あたま》を数回《すうかい》なでる。

「今度《こんど》は、トランプが動《うご》かないように、輪《わ》ゴムできつくしばってしまいましょう。それから、この箱《はこ》のなかに入《い》れてくれますか?」

ルナが次《つぎ》に取《と》りだしたのは、ボール紙《がみ》でできた真《ま》っ黒《くろ》い箱《はこ》だった。

ルナがふたを開《あ》けて、なかになにも入《はい》っていないことをみんなにみせているあいだ、あかねちゃんはトランプを輪《わ》ゴムでひとまとめにする。

そして、黒《くろ》い箱《はこ》のなかに入《い》れると、しっかりふたを閉《し》めた。

「さあ、ここからが魔《ま》法《ほう》の出番《でばん》よ。呪文《じゅもん》をとなえると、私《わたし》たちが選《えら》んだカードが自分《じぶん》で移動《いどう》して、ぴったりとくっつくの。」

「ほんと? えーと、瞬間移動《しゅんかんいどう》の呪文《じゅもん》って、ルキウゲ・ルキウゲ・ムオベーレ……。」

「あ、あの、あかねちゃん。私《わたし》たちは、ちがう呪文《じゅもん》にしましょうよ。こんなのは、どうかしら?

ニウヨスマ・リオナクヤハ・ガキウヨビ・ノンヤチネカア。」

なんか変《へん》な呪文《じゅもん》だなあ。長《なが》いし、ゴロが悪《わる》いわ、なんて思《おも》ってたら、近《ちか》くにいた片本《かたもと》くんが、

「いまの呪文《じゅもん》、逆《さか》さ読《よ》みだぜ。」とささやく。

彼《かれ》って、自分《じぶん》の名前《なまえ》が、上《うえ》から読《よ》んでも下《した》から読《よ》んでも同《おな》じ「かたもとともたか」だから、こういうのに敏感《びんかん》なのよね。

「ニウヨスマ・リオナクヤハ・ガキウヨビ・ノンヤチネカア……。」

あかねちゃんが、一句切《ひとく ぎ》りずつルナの真似《まね》をしながら、呪文《じゅもん》をとなえた。

今度《こんど》は注意《ちゅうい》してきいていたから、わかった。ルナは「あかねちゃんの病気《びょうき》が早《はや》く治《なお》りますように。」って祈《いの》ったんだ。

あかねちゃん本人《ほんにん》は、全然気《ぜんぜんき》づいてないところが、さりげなくてすてきだわ。

「さあ、これでいいわ。あかねちゃんのみたカードは、なんだったかしら？」

「えっと、ハートの7です。」

「そう。私《わたし》は、スペードのQ《クイーン》よ。それじゃあ、ふたを開《あ》けて、トランプを取《と》りだしてみて。その二枚《まい》のカードがぴったりくっついているはずだから。」

その言葉《ことば》にウソはなかった。

あかねちゃんが、トランプを一枚《まい》ずつめくってゆくと、真《ま》んなかあたりで、スペードのQ《クイーン》とハートの7が続《つづ》けて現《あらわ》れたのよ。

あかねちゃんはびっくりしすぎて、目《め》を丸《まる》くしたまま、かたまっちゃう。ほかの子《こ》たちからも「あれ、ほんものの魔法《まほう》かな？」なんて声《こえ》がきこえてきた。

「みんなー。白魔導師《しろまどうし》ルナって、すごいでしょう。それじゃ、次《つぎ》の魔法《まほう》にいってみよー。」

「今度《こんど》は……、そうね、あなたにお手伝《てつだ》いしてもらおうかしら？」

ルナは、最前列《さいぜんれつ》に座《すわ》っていた子《こ》の前《まえ》までゆくと、中腰《ちゅうごし》の姿勢《しせい》でやさしく笑《わら》いかけた。

その子《こ》の名前《なまえ》は、私《わたし》も知《し》ってる。そう、ルナが声《こえ》をかけたのは、宮下《みやした》くんの弟《おとうと》、慎弥《しんや》くんだったのよ。

今日《きょう》の慎弥《しんや》くんは、この前会《まえあ》ったときより元気《げんき》そうだった。顔《かお》のむくみはだいぶとれてるし、血色《けっしょく》もいい。深《ふか》くかぶった、ボーダーのニット帽《ぼう》が、とても似合《にあ》ってるわ。

「ぼ、ぼくの名前《なまえ》は、宮下慎弥《みやしたしんや》です。」

慎弥《しんや》くんは、ルナに名前《なまえ》をきかれ、緊張《きんちょう》しながら答《こた》えた。

「では、慎弥《しんや》くん。こちらへどうぞ。」

今回《こんかい》は、テーブルの上《うえ》に、クレヨンの箱《はこ》、アイマスク、さっき使《つか》った黒《くろ》い箱《はこ》が用意《ようい》してある。

ルナはまず、アイマスクを手《て》に取《と》った。

「これは安眠用《あんみんよう》の目《め》かくしです。光《ひかり》を遮断《しゃだん》するので、なにもみえません。慎弥《しんや》くん、ちょっと試《ため》してみてくれますか。」

「ほんとだ。真《ま》っ暗《くら》で全然《ぜんぜん》みえないや。」

ルナのアイマスクじゃ慎弥《しんや》くんには大《おお》きすぎたけど、なにもみえないってことは確認《かくにん》できたみたい。

「ありがとう。私《わたし》は、これをかけて、うしろを向《む》いてしまいますね。」

ルナは、アイマスクで両目《りょうめ》をおおうと、慎弥《しんや》くんに背《せ》を向《む》ける。

月乃《つきの》ちゃんはいつも髪《かみ》をおろしてるけど、ルナはシニヨンにしてるから、ふんいきが全然《ぜんぜん》ちがうわ。真《ま》っ白《しろ》いうなじがかわいいなあ、なんてぼんやり思《おも》ってたら、次《つぎ》にルナは、こういった。

「慎弥《しんや》くん。箱《はこ》のなかに十二色《しょく》のクレヨンが入《はい》っています。そのなかから、好《す》きな色《いろ》を一色選《しょくえら》んでください。残《のこ》りのクレヨンは箱《はこ》に入《い》れたまま、サンタのお姉《ねえ》さんに渡《わた》してね。」

あ。サンタのお姉《ねえ》さんって私《わたし》のことだ。

「サンタのお姉《ねえ》さんは、慎弥《しんや》くんからクレヨンの箱《はこ》を受《う》けとったら、私《わたし》のみえないところにかくしてください。」

「はーい。わかりました。」

元気《げんき》よく返事《へんじ》をする私《わたし》。

慎弥《しんや》くんはじっくり考《かんが》えて、黄緑色《きみどりいろ》のクレヨンを選《えら》んだ。残《のこ》りのクレヨンは私《わたし》があずかって、衣装《いしょう》のなかにかくしたのよ。

「月乃《つきの》ちゃ、じゃなかった、ルナ。選《えら》んだクレヨンは、どうするの？」

「私《わたし》に、手渡《てわた》ししてください。」

と、左手《ひだりて》をうしろにまわすルナ。

「よーし。じゃ、慎弥《しんや》くん。たのむわよ。」

「はい。」

慎弥《しんや》くんは、素直《すなお》に返事《へんじ》をして、ルナの手《て》のひらにクレヨンをそっと置《お》いた。

すると、ルナは右手《みぎて》で胸《むな》もとから黒《くろ》いハンカチをだし、うしろ手《で》でクレヨンを器用《きよう》につつんでしまう。

「これでクレヨンはみえなくなりましたが、念《ねん》のため、黒《くろ》い箱《はこ》に入《い》れて、ふたをしてしまいましょう。慎弥《しんや》くん、お願《ねが》いね。」

慎弥《しんや》くんは、ルナにいわれたとおりのことをする。

それが全部《ぜんぶ》おわると、ルナはゆっくりふり返《かえ》って、アイマスクをはずした。

「私《わたし》は、慎弥《しんや》くんが選《えら》んだクレヨンをいっさいみていません。なので、これから魔法《まほう》を使《つか》って、慎弥《しんや》くんの考《かんが》えていることを読《よ》みとりたいと思《おも》います。慎弥《しんや》くん、手《て》のひらを私《わたし》に向《む》けてくれますか？」

すると、慎弥《しんや》くんは、さっと右手《みぎて》を前《まえ》につきだした。

ルナは、その手《て》に自分《じぶん》の左手《ひだりて》をスッと重《かさ》ねる。

「私《わたし》が呪文《じゅもん》をとなえるから、慎弥《しんや》くんは、選《えら》んだクレヨンの色《いろ》を頭《あたま》のなかで考《かんが》えてね。」

「わかりました。」

といって、真剣《しんけん》な顔《かお》でクレヨンの色《いろ》を思《おも》いうかべる慎弥《しんや》くん。

そのあいだ、ルナは何度《なんど》も、「イサダク・オロココイヨッ・イナケマニキウヨビ。」と、となえた。

ルナは、慎弥《しんや》くんがどれだけの強敵《きょうてき》と戦《たたか》っているか、よくわかっている。

だから、「病気《びょうき》に負《ま》けない強《つよ》い心《こころ》」を望《のぞ》んだんだ。

なぜって、それは、慎弥《しんや》くんが手《て》にすることのできる最強《さいきょう》の武器《ぶき》だから……。

それに気《き》づいた私《わたし》の口《くち》から、思《おも》わず「がんばれ！」って言葉《ことば》がもれそうになった。

だけど、いまは不思議《ふしぎ》なマジックショウの真《ま》っ最中《さいちゅう》。そんなことは口《くち》にだせないわ。

「たくさんの葉《は》っぱがみえてきました。色《いろ》は、緑《みどり》……。でも、あまり濃《こ》くないわ。」

やがて、ルナがゆっくりと話《はな》しはじめる。

反対《はんたい》に、プレイルームはしーんと静《しず》まりかえった。

「慎弥《しんや》くんが選《えら》んだのは、黄緑色《きみどりいろ》ですね。」

「あ、あたりです！」

慎弥《しんや》くんはもちろん、クレヨンの色《いろ》を知《し》っていた子《こ》どもたちもいっせいにおどろきの表情《ひょうじょう》を浮《う》かべる。

念《ねん》のため、黒《くろ》い箱《はこ》を開《あ》けてみると、まちがいなく黄緑色《きみどりいろ》のクレヨンが入《はい》っていた。

うわー。これって、いったいどうやったんだろう？

ルナはずーっと目《め》かくしをして、うしろを向《む》いていた。

ルナの首《くび》はまったく動《うご》かなかったから、アイマスクのすき間《ま》からこっそりのぞくことはできないし、もちろん、どこにも鏡《かがみ》なんか置《お》かれていないんだよ。

「これで今日《きょう》の魔法《まほう》はおしまいです。みなさん、ありがとうございました。」

ルナが舞台《ぶたい》を去《さ》ってしばらくしても、拍手《はくしゅ》が鳴《な》りやまなかった。

子《こ》どもたちにとってルナは、正真正銘《しょうしんしょうめい》ほんものの魔法使《まほうつか》いだったのよ。

6 飛《と》びだすクジケンジャー

自分《じぶん》でいうのもなんだけど、今日《きょう》のクリスマス会《かい》は大成功《だいせいこう》だったわ。

子《こ》どもたちは喜《よろこ》んでくれたし、もしかしたら私《わたし》たち五年《ねん》三組《くみ》のみんなは、それ以上《いじょう》に楽《たの》しんじゃったかも。

だからこそ、おわりがかんじんなの。ダラダラ続《つづ》いたらしらけちゃうし、子《こ》どもたちのなかには座《すわ》っているのもつらい子《こ》がいるから、早《はや》めにきりあげる必要《ひつよう》がある。

というわけで、そのあと、宮下《みやした》くん兄弟《きょうだい》におわりのあいさつをしてもらって、クリスマス会《かい》の幕《まく》をサッと閉《と》じた。

「よーし。あとは、昨日《きのう》決めたグループで、病室《びょうしつ》をまわるぞ。」

子《こ》どもたちが病室《びょうしつ》にもどっていったあと、片本《かたもと》くんたち男子《だんし》が、プレゼントの花束《はなたば》が入《はい》った段《だん》ボール箱《ばこ》をプレイルームにもってくる。

じつは、私《わたし》たちも給食《きゅうしょく》の時間《じかん》までに学校《がっこう》へもどらないといけないから、あまり時間《じかん》が残《のこ》ってないの。

「みんな。ありがとう。」

私《わたし》たちがグループごとに集《あつ》まりはじめたとき、宮下《みやした》くんがぽつりといった。

うつむいてるから、はっきりとはわからなかったけど、目《め》が少《すこ》しうるんでるみたいだ。

「毎日《まいにち》、おそくまでがんばってくれて、感謝《かんしゃ》してるよ。」

「おい。おれたちは好《す》きでやったんだ。礼《れい》なんていわれてもこまるぜ。」

宮下《みやした》くんの親友《しんゆう》の若狭直樹《わかさなおき》くんが照《て》れて、乱暴《らんぼう》に答《こた》える。

でも、みんな、若狭《わかさ》くんと同《おな》じ気持《きも》ちだったと思《おも》うよ。お礼《れい》を期待《きたい》したり、ほめてもらいたいと思《おも》ってる人《ひと》なんて、ひとりもいないはずだわ。

「それより、とっとと動《うご》けよ。おまえは、一年生《ねんせい》たちを連《つ》れて慎弥《しんや》くんの病室《びょうしつ》にいくことになってんだろ。」

「そ、そうだな。すまん。」

宮下《みやした》くんは、手《て》の甲《こう》で目《め》をぬぐいながらいった。

あー、そうそう、私《わたし》も慎弥《しんや》くんの担当《たんとう》なんだよね……って、ぎゃーっ！

だ、大事《だいじ》なことを忘《わす》れてた……。

そう。悠輔《ゆうすけ》くんにたのんだプレゼントが、まだ届《とど》いていない。これって、かなりマズいよ。

「月乃《つきの》ちゃん、どうしよう。悠輔《ゆうすけ》くんの……。」

そこまでいったとき、プレイルームのドアがいきおいよく開《ひら》いた。

現《あらわ》れたのは、悠輔《ゆうすけ》くん……じゃなくて、髪《かみ》の毛《け》が一本《ぽん》もないおじいさん。しかも、袈裟《けさ》を着《き》てる……。

「あーっ。和尚《おしょう》さん！」

「おおー。ここにおったか。ようやくみつかったわい。」

なんと、その人《ひと》は、悠輔《ゆうすけ》くんのおじいちゃんで、群馬県《ぐんまけん》にある狸弁寺《りべんじ》ってお寺《てら》の和尚《おしょう》さんなの。

私《わたし》と月乃《つきの》ちゃんは今年《ことし》の夏《なつ》、狸弁寺《りべんじ》に泊《と》めてもらったからよく知《し》ってるんだけど、和尚《おしょう》さんって、とにかくきびしい人《ひと》で、得意技《とくいわざ》は手加減《てかげん》なしのゲンコツなんだよ。

その和尚《おしょう》さんが、どうして病院《びょういん》にいるのかしら？

「今朝《けさ》、用事《ようじ》があって悠輔《ゆうすけ》の家《いえ》へいったんじゃ。そうしたら、無理《むり》やり、これをたのまれてしまってのう。」

和尚《おしょう》さんは、ずだ袋《ぶくろ》のなかから、紙《かみ》の袋《ふくろ》を取《と》りだした。急《いそ》いでやってきたみたいで、頭《あたま》にはびっしょり汗《あせ》をかいている。

「悠輔《ゆうすけ》のやつ、おまえたちと会《あ》ってから、意志《いし》が強《つよ》くなったというか、妙《みょう》に頑固《がんこ》になりおってのう。わしが、うんというまで、ゆるしてくれなかったんじゃよ。」

「へえ。それじゃ、和尚《おしょう》さんに、そっくりじゃないですか。」

「わははは。そうじゃな。」

と、和尚《おしょう》さんは、うれしそうに大笑《おおわら》いする。

「さてと、のんびりしてるひまはないから、わしはこれで失礼《しつれい》するぞ。また、狸弁寺《りべんじ》にも遊《あそ》びにきなさい。」

「はい。ありがとうございました！　悠輔《ゆうすけ》くんにも、よろしくお伝《つた》えください。」

和尚《おしょう》さんが去《さ》っていったあと、私《わたし》、月乃《つきの》ちゃん、宮下《みやした》くん、片本《かたもと》くんは、一年生《ねんせい》四人《にん》を連《つ》れて、慎弥《しんや》くんの病室《びょうしつ》に向《む》かった。

紙袋《かみぶくろ》の中身《なかみ》を確認《かくにん》していないから、悠輔《ゆうすけ》くんがなにを作《つく》ってくれたのかはわからない。開《あ》けてみてのお楽《たの》しみだよ。

「うわー。すげえ！」

慎弥《しんや》くんが紙袋《かみぶくろ》のなかからプレゼントを取《と》りだした瞬間《しゅんかん》、一年生《ねんせい》の男《おとこ》の子《こ》がさけんだ。

それは、なんと、クジケンジャーの飛《と》びだす絵本《えほん》だったの。

ページをめくると、絵《え》が飛《と》びだしてきたり、穴《あな》から怪人《かいじん》の顔《かお》が現《あらわ》れたりと、いろいろなしかけがしてある。

これって、すごく手間《てま》がかかってるよ。悠輔《ゆうすけ》くん、ほんとに何日《なんにち》も徹夜《てつや》しちゃったんじゃないかしら？

しかも、この絵本《えほん》には、慎弥《しんや》くんも登場《とうじょう》するの。クジケンジャーといっしょに、人《ひと》を病気《びょうき》にさせる怪人《かいじん》をやっつけるんだ。

「これ、だれが作《つく》ってくれたの？」

「私《わたし》と月乃《つきの》ちゃんの友《とも》だちよ。メチャクチャじょうずでしょう？」

「うん。ありがとう。ぼく、大事《だいじ》にするよ。」

クジケンジャーの絵本《えほん》をきっかけに、慎弥《しんや》くんとクラスメイトたちは、楽《たの》しそうに話《はなし》をはじめた。必殺《ひっさつ》のポーズやセリフを真似《まね》したりして、ずっと前《まえ》からの友《とも》だちみたいに、うちとけてたの。

その姿《すがた》をみた私《わたし》は、明《あか》るい未来《みらい》を想像《そうぞう》して、なんだかうれしくなってきた。

だって、友《とも》だちができたら、学校《がっこう》にいきたくてしかたなくなるでしょう。そしたら、病気《びょうき》にだって勝《か》てるかもしれないじゃない。

最後《さいご》までハラハラさせられたけど、悠輔《ゆうすけ》くんにお願《ねが》いして、ほんとによかったわ。

でも、病室《びょうしつ》を去《さ》るとき、なんだか慎弥《しんや》くんがむずかしい顔《かお》をしていた。

「あら、慎弥《しんや》くん、どうしたの？　あ、もしかして、私《わたし》が帰《かえ》っちゃうのがさびしいんでしょ？」

「ううん。ちがうよ。」

大《おお》きく首《くび》をふる正直《しょうじき》な慎弥《しんや》くん。

「ぼく、病気《びょうき》が治《なお》ったら、どっちをやるか、わかんなくなっちゃって……。」

「あー、空手《からて》とサッカーの話《はなし》よね。それなら、ひとつに決《き》めなくてもいいのよ。慎弥《しんや》くんがやってみて、楽《たの》しいほうを続《つづ》ければいいんだから。」

「そうじゃなくて、魔法《まほう》の練習《れんしゅう》をしようか、それとも絵《え》を描《か》こうか、考《かんが》えてるんだ。」

ガーン。白魔導師《しろまどうし》ルナの魔法《まほう》と、悠輔《ゆうすけ》くんの絵本《えほん》のインパクトは強烈《きょうれつ》だったみたい……。たしかに、ふたりとも、小学生《しょうがくせい》とは思《おも》えないほどレベルが高《たか》かったもん。

私《わたし》だって、空手《からて》の模範演技《もはんえんぎ》をみせられたら、心《こころ》をつかむ自信《じしん》はあったのになあ。

7 手品《てじな》？ それとも魔法《まほう》？

帰《かえ》りの電車《でんしゃ》のなかで、五年《ねん》三組《くみ》の生徒《せいと》たちは、みんなぐったりとしていた。クリスマス会《かい》が無事《ぶじ》におわったから、緊張《きんちょう》の糸《いと》がきれて、それまでの疲《つか》れがドーッとおそってきたんだろうな。

いつも元気《げんき》な片本《かたもと》くんまで、居眠《いねむ》りをしてたもん。

けれど、私《わたし》は、気《き》になっていることがあって、寝《ね》るどころじゃなかったの。

「あのさ、月乃《つきの》ちゃん。さっきのって手品《てじな》なの？ それとも、ほんものの魔法《まほう》？」

「イヤだわ、ひなちゃんたら。トリックに決《き》まってるじゃない。」

「うーん。ほんとにそうなのかなあ。じつは、白魔導師《しろまどうし》ルナのほうが、月乃《つきの》ちゃんの真《しん》の姿《すがた》だったりしない？」

ルナの魔法《まほう》は、すごくあざやかだったし、ふだんの月乃《つきの》ちゃんとはふんいきが全然《ぜんぜん》ちがったから、そんなふうに思《おも》えちゃったんだ。

「ミステリーはトリックを明《あき》らかにしないと怒《おこ》られるけど、マジックはその逆《ぎゃく》で、タネあかしをしてはいけないの。」

「ん。どうして？」

「不思議《ふしぎ》なものをみた、という気持《きも》ちが大切《たいせつ》だからよ。タネがわかったら、ほとんどの人《ひと》は、しらけてしまうわ。」

月乃《つきの》ちゃんは、少《すこ》しこまったような顔《かお》をする。

「でも、今回《こんかい》は、特別《とくべつ》にタネあかしをするわね。魔法使《まほうつか》いだと思《おも》われたままじゃはずかしいし、かんたんな手品《てじな》だから、覚《おぼ》えておけば、なにかのときに使《つか》えて便利《べんり》だもの。」

すると、向《む》かいのシートに座《すわ》っていたキョンちゃんが、「私《わたし》にも教《おし》えて。」といいながら、私《わたし》たちのとなりにやってきた。

「でもさ、ひとつめのトランプにしても、カードがひとりでに移動《いどう》するなんて魔法《まほう》としか思《おも》えな

いよ。トランプを輪《わ》ゴムでしばったのも、黒《くろ》い箱《はこ》に入《い》れたのもあかねちゃんで、ルナは手《て》を触《ふ》れてもいないんだよ。」

まだ半信半疑《はんしんはんぎ》の私《わたし》。

キョンちゃんもつられて、「そういえば、そうね。」なんていって、うなずいてる。

「あれはね、トランプを重《かさ》ねる前《まえ》に、しかけをしてあるの。」

「へ？」

「トランプをふたつにわけて、おたがいのカードの山《やま》から一枚《まい》だけだして、相手《あいて》にみせたわよね。じつをいうと、私《わたし》はあのとき、飛《と》びだしたカードではなくて、いちばん下《した》にあるカードをみて、数《かず》とマークを覚《おぼ》えておいたのよ。」

「あ！」

カードが一枚《まい》だけ飛《と》びだしているから、だれもがそっちに注目《ちゅうもく》する。そのとき、いちばん下《した》のカードをみてるなんて、まさか考《かん》えないよ。

「えーと、そのあと、飛《と》びだしたカードを、それぞれの山《やま》のいちばん上《うえ》に置《お》いたんだったわね。」

と、キョンちゃんが思《おも》いだしながらいった。

「ええ。つまり、あかねちゃんのみたカードは、私《わたし》の山《やま》のいちばん上《うえ》にきて、私《わたし》がみたカードは、あかねちゃんの山《やま》のいちばん下《した》にあるわ。ふたつの山《やま》を重《かさ》ねれば、二枚《まい》のカードはぴったりとくっつくでしょう。」

「た、たしかに……。」

タネあかしをされると、ほんと単純《たんじゅん》なトリックだわ。

とくに練習《れんしゅう》は必要《ひつよう》ないし、これなら私《わたし》にもできそうだ。

「注意《ちゅうい》する点《てん》は、相手《あいて》のだしたカードを、自分《じぶん》ひとりだけがチェックするような状況《じょうきょう》を作《つく》ることと、山《やま》をひとつにするとき、必《かなら》ず自分《じぶん》の山《やま》の上《うえ》に相手《あいて》の山《やま》を重《かさ》ねることのふたつね。」

「クレヨンの色《いろ》をあてたのもトリックなの？　でもさあ、ルナはアイマスクをして、しかも背中《せなか》を向《む》けてたのよ。だれかがクレヨンの色《いろ》を教《おし》えないかぎり、わかるはずはないと思《おも》うんだけど……。」

「え。あれって、ひなちゃんがこっそり伝《つた》えてたと思《おも》ってたんだけど、ちがうの？」

キョンちゃんが、あらためてびっくりする。

そっか、残《のこ》りのクレヨンをかくしたのは私《わたし》だし、ルナの協力者《きょうりょくしゃ》だと思《おも》われてたのね。

「私《わたし》は、なにもしてないんだ。私以外《わたしいがい》に、協力者《きょうりょくしゃ》もいないよね？」

「ええ。あれは、もっとかんたんなトリックなの。」

かんたんっていわれても、私《わたし》には、魔法《まほう》を使《つか》ったか、テレパシーで慎弥《しんや》くんの頭《あたま》のなかを読《よ》んだとしか思《おも》えないんだけど……。

「私《わたし》が一度《ど》だけクレヨンにさわったのを覚《おぼ》えてる？」

「うん。ハンカチでつつんだときでしょう。でも、そのときだって、アイマスクをして、うしろを向《む》いてたじゃない。」

「ひなちゃん。あの手品《てじな》は、クレヨンだからできるの。たとえば、十二色《しょく》の折《お》り紙《がみ》で同《おな》じことをしろといわれても、絶対《ぜったい》に無理《むり》なのよ。」

「クレヨンならできて、折《お》り紙《がみ》ではできない……？」

「あー、わかったわ。どこかに色《いろ》をぬっておくのね。」

キョンちゃんは、私《わたし》より先《さき》にタネに気《き》づいたみたい。

「そう。ハンカチでつつむときに、左手《ひだりて》の人《ひと》さし指《ゆび》のツメで、クレヨンを軽《かる》くひっかくの。すると、ツメの先《さき》に、ほんの少《すこ》しだけ、かすが残《のこ》るでしょう。」

「なるほどー。それをみて、色《いろ》を知《し》るのか。でも、ルナは指先《ゆびさき》をじーっとみたりしてなかったような……。」

「指《ゆび》の先《さき》を気《き》にしてたりしたら、トリックがバレてしまうわ。だから、堂々《どうどう》とみるための演出《えんしゅつ》が必要《ひつよう》になるのよ。」

そこまで説明《せつめい》されれば、イヤでもわかる。

その演出《えんしゅつ》っていうのは、慎弥《しんや》くんと手《て》のひらをあわせて、呪文《じゅもん》をとなえたことなんだ。向《む》かいあって手《て》のひらを重《かさ》ねれば、人《ひと》さし指《ゆび》は、イヤでも自分《じぶん》の目《め》の前《まえ》にくるもんね。

「どう？　やっぱり、タネをあかすとつまらないでしょう？」

月乃《つきの》ちゃんが心配《しんぱい》そうにきいた。

「ううん。たしかに、マジックの不思議《ふしぎ》さはなくなっちゃったけど、ネタはしっかり覚《おぼ》えたから、親戚《しんせき》が集《あつ》まったときとかに披露《ひろう》できるし、得《とく》しちゃった感《かん》じだよ。」

さて、最後《さいご》に、慎弥《しんや》くんの病気《びょうき》のことを報告《ほうこく》しておくわね。

なんと、クリスマス会《かい》から数《すう》か月後《げつご》、慎弥《しんや》くんは無事《ぶじ》に退院《たいいん》することができたの。

もちろん、完全《かんぜん》に治《なお》ったわけじゃないから、しばらくのあいだ、通院《つういん》する必要《ひつよう》があるし、薬《くすり》も飲《の》みつづけなくちゃいけないらしい。

けど、そんな苦労《くろう》は、家族《かぞく》三人《にん》で暮《く》らせるしあわせに比《くら》べたら、たいしたことはない、って宮《みや》下《した》くんがうれしそうにいってたわ。

しかも、慎弥《しんや》くんは、月《つき》に数日《すうじつ》休《やす》む以外《いがい》、毎日《まいにち》学校《がっこう》にきてるんだよ。

家族《かぞく》や友《とも》だちがいれば、病気《びょうき》と戦《たたか》うパワーは何倍《なんばい》にもなる。

ちょっと時間差《じかんさ》はあったけど、これがほんとうの「クリスマスの魔法《まほう》」だった、って私《わたし》は思《おも》うんだ。

Case《ケース》 10

勇者《ゆうしゃ》のホコリ

1　のろわれた文章《ぶんしょう》の謎《なぞ》

お正月気分《しょうがつきぶん》がようやくぬけた一月下旬《がつげじゅん》（え。おそすぎるって？）。

私《わたし》と月乃《つきの》ちゃんは、放課後《ほうかご》、電車《でんしゃ》に乗《の》って、あるところに向《む》かっていた。

その場所《ばしょ》は、ネイキッド・ブレイン、略《りゃく》してネキブレっていう大手《おおて》の進学塾《しんがくじゅく》なの。

ネキブレタワーって呼《よ》ばれてる十階建《かいだ》ての近代的《きんだいてき》なビルは、地元《じもと》では知《し》らない人《ひと》がいないくらい有名《ゆうめい》なんだよ。

どうして勉強嫌《べんきょうぎら》いの私《わたし》が塾《じゅく》にいってるのか、っていうと、学校《がっこう》の成績《せいせき》がすべり台《だい》みたいにいきおいよく落《お》ちてた去年《きょねん》の秋《あき》、怒《おこ》ったお母《かあ》さんが無理《むり》やり、入塾《にゅうじゅく》を決《き》めちゃったってわけ。

最初《さいしょ》はイヤイヤ通《かよ》ってたんだけど、最近《さいきん》は少《すこ》しだけ勉強《べんきょう》がおもしろくなってきた……かな？

いつもの６Ｋ教室《ケーきょうしつ》に入《はい》って、コートをぬいで、テキストを取《と》りだそうとカバンのなかをのぞいた私《わたし》は、そこにうすっぺらいケースを入《い》れておいたことを思《おも》いだした。

「あ、そうだ。私《わたし》、植村《うえむら》さんの教室《きょうしつ》にいかなくちゃ。」

植村木之実《うえむらこのみ》さんっていうのは、ネキブレで知《し》りあった六年生《ねんせい》の女《おんな》の子《こ》なの。私《わたし》や月乃《つきの》ちゃんとは、学校《がっこう》も学年《がくねん》もちがうんだけど、ある事件《じけん》をきっかけに仲《なか》よくなったんだ。

彼女《かのじょ》は、刑事志望《けいじしぼう》で、熱《あつ》ーい性格《せいかく》。だから、私《わたし》と気《き》があうのかもしれないわ。

「植村《うえむら》さんに、なにか用事《ようじ》があるの？」

「うん。ほら、これ。」

といって、ケースに入《はい》ったＤＶＤ《ディーブイディー》をみせる私《わたし》。

「この前《まえ》、『ムーンライトスナイパー』を一回《かい》みのがしちゃってさ。植村《うえむら》さんは毎週録画《まいしゅうろくが》してるっていうから、借《か》りたのよ。」

「ムーンライトスナイパー」っていうのは、アメリカの連続《れんぞく》テレビドラマなの。アクションもＳＦＸ《エスエフエックス》（特殊技術撮影《とくしゅぎじゅつさつえい》）もすごいんだけど、なにより主役《しゅやく》のジミーっていう狙《そ》撃手《げきしゅ》がかっこいいのよね。私《わたし》も植村《うえむら》さんも、彼《かれ》の大《だい》ファンなんだ。

「それを返《かえ》しにいくのね。授業《じゅぎょう》がはじまるまで時間《じかん》があるし、私《わたし》もつきあうわ。」

ところが、六年生《ねんせい》のクラスにいってみると、植村《うえむら》さんは、まだきていなかった。

あとで出直《でなお》そうかな、と思《おも》ったら、べつの人《ひと》につかまっちゃったの。

「あー。ふたりとも、いいところにきたわ。ちょうど、新《あたら》しい都市伝説《としでんせつ》を仕入《しい》れたのよ。」

その人《ひと》は、真島美夏《まじまみか》さんっていって、植村《うえむら》さんと同《おな》じ小学校《しょうがっこう》で、同《おな》じクラス。怖《こわ》い話《はなし》とか都市《とし》伝説《でんせつ》とかが大好《だいす》きで、会《あ》うといつも新作《しんさく》を披露《ひろう》してくれる。

私《わたし》は、ホラーとか心霊《しんれい》とかが苦手《にがて》だから、ほんとは、あんまうれしくないんだけどね……。

「今日《きょう》のはね、真相《しんそう》を口《くち》にした人《ひと》がのろわれる、っていう恐《おそ》ろしい話《はなし》なのよ。」

真島《まじま》さんは、私《わたし》と月乃《つきの》ちゃんの返事《へんじ》も待《ま》たずに、一枚《まい》の紙《かみ》をさしだす。

そこに書《か》かれていたのは、こんな文章《ぶんしょう》だった。


里《さと》から離《はな》れた山《やま》のなか、男《おとこ》が道《みち》に迷《まよ》っていた。夜《よる》になり、周囲《しゅうい》は真《ま》っ暗《くら》になる。男《おとこ》がマッチをすると、目《め》の前《まえ》にタライをかかえた老婆《ろうば》が立《た》っていた。よくみると、老婆《ろうば》のアルミのタライには火《ひ》の玉《たま》が浮《う》いている。おどろいた男《おとこ》は、その場《ば》から逃《に》げだす。が、火《ひ》の玉《たま》は、男《おとこ》のあとを追《お》いかけてくる。しばらく走《はし》ると、森《もり》の奥《おく》に家《いえ》がみえた。男《おとこ》が戸《と》をたたくと、なかから少女《しょうじょ》の声《こえ》がした。「おばあちゃん。私《わたし》の心臓《しんぞう》はみつかった？」

「あーっ。これなら、私《わたし》、知《し》ってるよ。」

「あら、そうなの……。」

と、少《すこ》し残念《ざんねん》そうな真島《まじま》さん。

「うん。都市伝説《としでんせつ》とは思《おも》わなかったけど、これと同《おな》じ紙《かみ》をみせてもらったことがあるんだ。ね、月乃《つきの》ちゃん。」

「ええ。でも、真島《まじま》さん。紙《かみ》に印字《いんじ》された都市伝説《としでんせつ》ってめずらしいですね。」

月乃《つきの》ちゃんが、質問《しつもん》をする。

「いいところに気《き》がついたわね。ふつうは、こういうのってチェーンメール化《か》するじゃない。ところが、これはコピーが大量《たいりょう》にでまわってるのよ。」

それをきいた月乃《つきの》ちゃんは、大《おお》きくうなずくと、変《へん》なことをいった。

「なるほど。やはり、そうですか……。」

「え？　それ、どういう意味《いみ》？」

「携帯《けいたい》のメールは、機種《きしゅ》や設定《せってい》によって、文字組《もじぐ》みが変《か》わってしまいます。それでは、この文章《ぶんしょう》の真《しん》の意味《いみ》が伝《つた》わらないんです。」

「あ、そっか。思《おも》いだしたわ。月乃《つきの》ちゃんには、のろわれる理由《りゆう》がわかってるのよね。」

「それ、ほんとなの？　じゃあ、早《はや》く教《おし》えて！」

都市伝説《としでんせつ》マニアの真島《まじま》さんが、バーゲンでねらった獲物《えもの》をゲットするみたいに、月乃《つきの》ちゃんにせまった。

「でも、答《こた》えを口《くち》にすると、のろわれちゃうんでしょ。だから、私《わたし》もまだ真相《しんそう》をきいてないんだ。」

「あ……。そういえば、そうね……。」

「いえ。そんなことは気《き》にならないんですけど、これには、いろいろな見方《みかた》があると思《おも》うんです。私《わたし》の考《かんが》えは、あくまでひとつの解釈《かいしゃく》にすぎません。それでよければ教《おし》えますけど……。」

「うん。それで十分《じゅうぶん》よ。そもそも都市伝説《としでんせつ》に正解《せいかい》なんてないもの。」

「携帯《けいたい》やパソコンのメールだとダメだという理由《りゆう》は、各行《かくぎょう》のいちばん上《うえ》の文字《もじ》が大切《たいせつ》だからなんです。」

月乃《つきの》ちゃんが、紙《かみ》に指《ゆび》をすべらせながら、謎解《なぞと》きをはじめた。

「いちばん上《うえ》の文字《もじ》？」

「ええ。里《さと》、マ、ア、火《ひ》、戸《と》の五文字《もじ》ですね。」

そういわれても、私《わたし》も真島《まじま》さんも、まったく意味《いみ》がわからなかった。

「そのまま読《よ》むと『さとまあひと』とか、『りまあかと』とかになるけど……。」

「あっ！　『さとうまあちゃんってひとがいる』じゃない！」

私《わたし》がさけんだのに、真島《まじま》さんは、なんだかしらけた顔《かお》をしてる。

あれ。正解《せいかい》じゃないのかな……？

「そうではなく、この五文字《もじ》を組《く》みあわせて漢字《かんじ》を作《つく》るのよ。里《さと》（さとへん）とマとアで『野《の》』、火《ひ》（ひへん）と戸《と》で『炉《ろ》』になるわよね。」

「あー、ほんとだ。」

「続《つづ》けて読《よ》むと『野炉《のろ》』。それが五つに『割《わ》れた』から、『のろ・われた』ね。」

月乃《つきの》ちゃんが答《こた》えを口《くち》にした瞬間《しゅんかん》、のろわれた文章《ぶんしょう》から不気味《ぶきみ》なふんいきがパーッと消《き》えていった。

「あ、あの……、老婆《ろうば》とか、火《ひ》の玉《たま》とか、心臓《しんぞう》を探《さが》してる女《おんな》の子《こ》とかは？」

「それには、なんの意味《いみ》もないわ。」

ぐ……。ってことは、単《たん》なるダジャレ落《お》ちだったのね。怖《こわ》がって、損《そん》しちゃったよー。

ま、でも、都市伝説《としでんせつ》なんて、あんがいこんなもんかもしれないわね。

2　絶対《ぜったい》に勝《か》てるゲーム

頭《あたま》のなかがスッキリしたところで、ようやく植村《うえむら》さんが現《あらわ》れた。

いつもカラッと明《あか》るい彼女《かのじょ》だけど、今日《きょう》は背景《はいけい》を墨汁《ぼくじゅう》でぬりつぶしたみたいに暗《くら》い。

「どうしたの、植村《うえむら》さん？　なんか元気《げんき》ないわね。」

「ああ、朝丘《あさおか》さん。私《わたし》の悲《かな》しい話《はなし》をきいてくれるってわけかい？」

そんなふうにいわれちゃったら、きかないわけにはいかないわよ。

私《わたし》と月乃《つきの》ちゃんは、植村《うえむら》さんの席《せき》までついていって、彼女《かのじょ》の用意《ようい》が整《ととの》うのを待《ま》つ。すると植村《うえむら》さんは、カバンのなかをゴソゴソとまさぐりながら、話《はな》しはじめた。

「私《わたし》の家《いえ》って、ネオドリームランドの近《ちか》くなんだよ。」

ネオドリームランドっていうのは、オンボロの遊園地《ゆうえんち》のこと。アトラクションは古《ふる》いし、訪《おとず》れる人《ひと》も少《すく》ないけど、そういうところが好《す》きっていう人《ひと》がけっこういるんだ。

「で、ネオドリームランドのとなりに、スターランドっていう建物《たてもの》ができて、そのなかに『ギャラクシー・ファイター』っていう3D《スリーディー》シューティングゲームが入《はい》ったんだ。これがいま、大人気《だいにんき》でさ。何十分《なんじっぷん》も並《なら》ばないと遊《あそ》べないんだよ。」

それは、宇宙戦闘機《うちゅうせんとうき》に乗《の》って、敵《てき》の戦闘機《せんとうき》や戦艦《せんかん》、要塞《ようさい》などを破壊《はかい》するゲームらしい。

ゲーム自体《じたい》もおもしろいけど、人気《にんき》の秘密《ひみつ》は、ワンプレイにつき一枚《まい》トレーディングカードがもらえることらしい。

カードは、ランダムに機械《きかい》からでてきて、当然《とうぜん》、レアリティっていう希少度《きしょうど》が設定《せってい》されている。出現率《しゅつげんりつ》が高《たか》い順《じゅん》に、ノーマルカード、スーパーレアカード、ウルトラレアカード、スペシャルレアカードの四ランクがあるそうよ。

なにがでるかわからないから、ダブったら、ほかのカードと交換《こうかん》したりするんだってさ。

「で、先週《せんしゅう》、ギャラクシー・ファイターをやりにいったらさ、中学生《ちゅうがくせい》の男子《だんし》に声《こえ》をかけられたんだ。」

「あー。もしかして、ナンパ？　植村《うえむら》さんって、すっごーい！」

私《わたし》は、尊敬《そんけい》のまなざしで植村《うえむら》さんをみる。彼女《かのじょ》、ボーイッシュだけど、背《せ》も高《たか》いし、大人《おとな》っぽいから、年上《としうえ》の男子《だんし》の目《め》をひくのかも。

「そんなんじゃなくて、カードを交換《こうかん》してくれないか、っていわれたのさ。スペシャルレアのなかに『勇者《ゆうしゃ》の誇《ほこ》り』ってカードがあるんだ。その人《ひと》は、それがダブっちゃったから、私《わたし》のもってるウルトラレアカード二枚《まい》と交換《こうかん》してほしいっていうのよ。」

「えー。二対《たい》一の交換《こうかん》なの。それじゃ、損《そん》しちゃうわ。」

「いや、そんなことないんだ。ウルトラレアは三十回《かい》に一回《かい》はでるけど、スペシャルレアが出現《しゅつげん》する確率《かくりつ》は二百回《かい》に一回《かい》だからね。」

「えっと、ってことは……。」

計算《けいさん》が苦手《にがて》の私《わたし》がこまっていると、月乃《つきの》ちゃんがすぐに助《たす》けてくれた。

「ウルトラレア二枚《まい》と比《くら》べると、約《やく》三・三倍《ばい》くらいの価値《かち》がありますね。」

「え？　それなら、絶対《ぜったい》お得《とく》じゃない！」

さっきとは正反対《せいはんたい》のことをさけぶ私《わたし》。

「うん。私《わたし》もそう思《おも》って、交換《こうかん》したんだけど、引《ひ》きかえにくれたのは、このカードだったの。」

といって、一枚《まい》のカードをみせてくれる植村《うえむら》さん。

それは、なんだかゴミみたいな絵《え》が描《か》いてあるカードだった。

「これがスペシャルレアなの？　キラキラもしてないし、絵《え》もパッとしないね。」

「よくみてみなよ。『勇者《ゆうしゃ》の誇《ほこ》り』じゃなくて、『勇者《ゆうしゃ》のホコリ』って書《か》いてあるだろう？」

勇者のホコリ
321

「あー、ほんとだー。」

「裏《うら》に書《か》いてあるカードのナンバーもインチキなんだ。これまでカードは三百二十種類発行《しゅるいはっこう》されていて、いちばん最後《さいご》の『勇者《ゆうしゃ》の誇《ほこ》り』が320なんだよ。」

「あ。このカードのナンバーは321だわ。」

「そう、そんな番号《ばんごう》は存在《そんざい》しない。つまり、その人《ひと》が勝手《かって》に作《つく》ったニセモノなのさ。」

で、このゴミみたいなのは、勇者《ゆうしゃ》の「ホコリ」ってわけね。冗談《じょうだん》みたいな話《はなし》だから、思《おも》わず笑《わら》っちゃいそうになったけど、ふと植村《うえむら》さんをみると、そのときの怒《いか》りがよみがえったみたいで、歯《は》をぐっと食《く》いしばっていた。

「それにしても、ひどい人《ひと》だわ。当然《とうぜん》、文句《もんく》をいったんでしょう?」

正義感《せいぎかん》が強《つよ》い植村《うえむら》さんは、まちがったことをすれば、どんなに強《つよ》い相手《あいて》でも勇敢《ゆうかん》に立《た》ちむかってゆく。

「もちろんだよ。でも、『ぼくが交換《こうかん》するといったのは、〈勇者《ゆうしゃ》のホコリ〉さ。そっちが勝手《かって》に〈勇者《ゆうしゃ》の誇《ほこ》り〉と勘《かん》ちがいしただけじゃないか。』っていわれて、なにもいえなくなっちゃって……。ほら、私《わたし》って、力《ちから》で押《お》してくる相手《あいて》ならいいんだけど、理屈《りくつ》でこられると、うまくいい返《かえ》せないんだよ。」

たしかに、植村《うえむら》さんって私《わたし》と似《に》たタイプだから、口《くち》のうまい相手《あいて》には弱《よわ》いのよね。将来《しょうらい》、刑事《けいじ》になるつもりなら、そのへんを直《なお》さないといけないだろうなあ。

「その人《ひと》がなんといおうと、それは、りっぱなサギです。」

月乃《つきの》ちゃんが、けわしい表情《ひょうじょう》できっぱりといった。

「だよね。調《しら》べてみると、私以外《わたしいがい》にも被害者《ひがいしゃ》が大勢《おおぜい》いるみたいなんだ。」

「ねえ、月乃《つきの》ちゃん。なんとかならないの？　せっかく集《あつ》めたカードをだまし取《と》るなんて、絶対《ぜったい》にゆるせないよ。」

「そういう人《ひと》は、いくらでも屁理屈《へりくつ》をつけるでしょうから、カードを返《かえ》してほしいと、たのんでもムダでしょうね。」

月乃《つきの》ちゃんが、ため息《いき》といっしょに言葉《ことば》をはきだした。

「そっか……。宵宮《よみや》さんがそういうなら、あきらめるしかなさそうだね。」

「待《ま》ってください。方法《ほうほう》ならあります。」

「え。ほんと！」

私《わたし》と植村《うえむら》さんは、同時《どうじ》にさけぶ。

「あまり気《き》は進《すす》まないんですが、このままだと被害者《ひがいしゃ》が増《ふ》える一方《いっぽう》ですから、しかたありませんね。コンゲームで、二枚《まい》のカードを取《と》り返《かえ》しましょう。」

「ん？　コンゲームって、なに？　キツネのゲームのこと？」

私《わたし》がきくと、月乃《つきの》ちゃんは笑《わら》いながら教《おし》えてくれた。

「コンゲームは、コンフィデンスゲームの略《りゃく》よ。相手《あいて》を信用《しんよう》させてサギをはたらくことで、ミステリーのジャンルでもあるの。」

「ふーん。で、具体的《ぐたいてき》には、どうやるの？」

「カードを賭《か》けて、あるゲームをしようと誘《さそ》ってみるつもりよ。」

「でも、その人《ひと》、頭《あたま》よさそうだったから、私《わたし》みたいに、かんたんにはだまされないと思《おも》うよ。」

「心配《しんぱい》しなくても、だいじょうぶです。絶対《ぜったい》に勝《か》てるゲームを用意《ようい》しますから。」

月乃《つきの》ちゃんは、自信《じしん》たっぷりに微笑《ほほえ》む。

この世《よ》に、絶対《ぜったい》に勝《か》てるゲームなんてあるのかな？　しかも、私《わたし》たちに有利《ゆうり》なルールだったら、相手《あいて》は、そのゲームをやる気《き》にならないでしょう。

その人《ひと》に「これなら勝《か》てるぜ。」って思《おも》わせながら、私《わたし》たちが勝《か》っちゃうゲームなんて私《わたし》にはとうてい思《おも》いつかない……。

ま、でも、月乃《つきの》ちゃんなら、きっとうまくやってくれるはずよね。

3 たった七秒《びょう》の勝負《しょうぶ》

コンゲームを決行《けっこう》する土曜日《どようび》がやってきた。

その中学生《ちゅうがくせい》は、スターランドの常連《じょうれん》らしくて、休《やす》みの日《ひ》はたいてい遊《あそ》びにきてるらしい。しかも、今日《きょう》は朝《あさ》から雨《あめ》がふっていて、気温《きおん》も低《ひく》いから、室内《しつない》の施設《しせつ》にくる確率《かくりつ》が高《たか》いわ。

「で、私《わたし》は、なにをすればいいのかな？」

ネオドリームランドの正門前《せいもんまえ》で私《わたし》たちと合流《ごうりゅう》するなり、植村《うえむら》さんがそうたずねた。

「まず、植村《うえむら》さんのもっているカードをすべて私《わたし》に貸《か》してください。それから、標的《ひょうてき》の中学生《ちゅうがくせい》を探《さが》して、教《おし》えてもらえますか？　植村《うえむら》さんは、その人《ひと》に顔《かお》を知《し》られていますから、少《すこ》し離《はな》れていてほしいんです。ゲームは私《わたし》がしかけますので。」

傘《かさ》のなかの月乃《つきの》ちゃんは、対決《たいけつ》をひかえて、静《しず》かに燃《も》えていた。

ふだんとはちがうピリピリしたふんいきが伝《つた》わってくるもん。

「ひなちゃんは、私《わたし》のそばにいてね。ゲームがはじまったら、大声《おおごえ》をだすなり、さわぐなりして、できるだけ多《おお》くの人《ひと》の注目《ちゅうもく》を集《あつ》めてほしいの。」

「いいよ。まかしといて。」

理由《りゆう》はわからないけど、月乃《つきの》ちゃんのいうとおりにすれば、まちがいないよね。

よーし、気合《きあい》入《い》れてがんばるぞ。


スターランドは、タマゴみたいな宇宙船《うちゅうせん》の形《かたち》をした二階建《かいだ》ての施設《しせつ》で、外見《がいけん》も室内《しつない》も、なんとなく未来《みらい》っぽくつくられていた。一階《かい》には、ギャラクシー・ファイターが何十台《なんじゅうだい》も置《お》かれていて、二階《かい》にはキャラクターグッズ売《う》り場《ば》や談話《だんわ》スペースがある。

外《そと》からみたときは広《ひろ》く思《おも》えたのに、なかは人《ひと》であふれてるから、窮屈《きゅうくつ》な感《かん》じ。

子《こ》どもにまじって大人《おとな》も遊《あそ》んでいたけど、女《おんな》の子《こ》はめったにみかけなかった。やっぱりここは、男子《だんし》に人気《にんき》があるみたいね。

「宵宮《よみや》さん。あいつをみつけたよ。」

植村《うえむら》さんが、興奮《こうふん》してかけよってきた。

「ほら、あそこで、友《とも》だちと立《た》ち話《ばなし》してるやつが、そうなんだ。」

植村《うえむら》さんが目《め》で示《しめ》したのは、小柄《こがら》でメガネをかけた、いかにもズル賢《がしこ》そうな中学生《ちゅうがくせい》だった。

友《とも》だち数人《すうにん》に、自慢《じまん》のカードをみせびらかしているみたい。

「それじゃ、いってくるわ。ひなちゃん、お願《ねが》いね。」

といって、月乃《つきの》ちゃんは、植村《うえむら》さんからあずかったカードのファイルを小《こ》わきにかかえて中学生《ちゅうがくせい》に近《ちか》づいていった。もちろん、私《わたし》も、そのあとを追《お》う。

スターランドには女《おんな》の子《こ》が少《すく》ないし、月乃《つきの》ちゃんはとびきりの美少女《びしょうじょ》だから、男子《だんし》の視線《しせん》がすぐに集《あつ》まってくる。

そして、ねらった魚《さかな》も、あっさりエサに食《く》いついてきたの。

「ねえ、君《きみ》。『勇者《ゆうしゃ》の誇《ほこ》り』ってカードもってる?」

「え?」

「ぼくさ、ダブっちゃったんだけど、君《きみ》がもってるカードと交換《こうかん》してもらえないかな? ウルトラレア二枚《まい》でいいから、かなりお得《とく》だと思《おも》うよ。」

その中学生《ちゅうがくせい》は、白《しろ》い歯《は》をみせ、さわやかな笑顔《えがお》を作《つく》る。でも、私《わたし》たちは、その裏《うら》にひそむズルい素顔《すがお》を知《し》ってるのよ。

「残念《ざんねん》ながら、そのカードなら、二枚《まい》もっています。」

「うへっ。それじゃダメだな。」

「それより、『惑星《わくせい》ポラン』と『ツイン・ブースターR2《アールツー》』というカードをもっていませんか？」

その二枚《まい》は、植村《うえむら》さんがだまし取《と》られたウルトラレアだわ。

「まあ、もってるけど、それは交換《こうかん》にだせないよ。」

「このカード全部《ぜんぶ》とでは、どうですか？」

といって、ファイルをパラパラとめくる月乃《つきの》ちゃん。

わー。月乃《つきの》ちゃんたら、なんてことをいうのかしら。

ファイルのなかには、百枚以上《まいいじょう》カードが入《はい》ってるんだよ。カードを二枚《まい》だまし取《と》られて、それを取《と》り返《かえ》すために、残《のこ》りのカードを全部渡《ぜんぶわた》しちゃうっていうの？

「もちろん、交換《こうかん》ではおもしろくありません。私《わたし》とゲームをして、あなたが勝《か》ったら、このファイルのカードをすべてさしあげます。」

「で、君《きみ》が勝《か》ったら？」

「『惑星《わくせい》ポラン』と『ツイン・ブースターR2《アールツー》』の二枚《まい》をもらうだけです。」

すると、中学生《ちゅうがくせい》は少《すこ》し考《かんが》えたあと、こういった。

「ギャラクシー・ファイターで得点《とくてん》の高《たか》いほうが勝《か》ちってわけかい？　ぼくは、かなりうまい

よ。」

「いえ、そうではなくて、もっとかんたんなゲームです。」

月乃《つきの》ちゃんは、中学生《ちゅうがくせい》にルールを説明《せつめい》しはじめる。

まず、カードのファイルを中学生《ちゅうがくせい》に渡《わた》して、そのファイルのなかから、二十枚《まい》のカードをぬきだしてもらう。そしたら中学生《ちゅうがくせい》は、月乃《つきの》ちゃんにわからないように、それらのカードのナンバーをすべて足《た》し算《ざん》する。

で、びっくりしたのは、ここからなのよ。

カードのたばを受《う》けとったあと、月乃《つきの》ちゃんには、なんと七秒以内《びょういない》で合計《ごうけい》した数《かず》がわかっちゃうんだって！

「そんなこと、どんなに暗算《あんざん》が得意《とくい》でも無理《むり》だろう？」

っていうか、たったの七秒《びょう》じゃ、二十枚《まい》のカードをめくって、裏面《りめん》のナンバーをチェックすることさえできないよ。

しかも、カードは三百二十種類《しゅるい》あるのよ。勘《かん》で答《こた》えたって、絶対正解《ぜったいせいかい》しないわ。

「無理《むり》かどうかは、やってみればわかります。どうです、ゲームをしますか？」

「ああ。もちろん、やるよ。」

中学生《ちゅうがくせい》は、すぐに乗《の》ってきた。メチャクチャ有利《ゆうり》なルールだもん。そう答《こた》えるのは当然《とうぜん》よね。

逆《ぎゃく》に私《わたし》は、急《きゅう》に不安《ふあん》になっちゃったんだけど、月乃《つきの》ちゃんは、「では、あそこにいきましょう。」といって、あいているテーブル席《せき》を指《ゆび》さすと、さっさと歩《ある》きはじめた。

で、そのとちゅう、私《わたし》に向《む》かって、軽《かる》くウインクをしたの。

あっ！　これは、注目《ちゅうもく》を集《あつ》めろっていう合図《あいず》だわ。

ってことは、まちがいなく作戦《さくせん》どおりに進《すす》んでるんだ。

私《わたし》は、まわりにいた人《ひと》たちに、「これから、おもしろいゲームがはじまるみたいよ。」って声《こえ》をかけてまわる。

すると、ヒマそうにしていた人《ひと》たちが、「なんだ、なんだ。」といいながら、大勢《おおぜい》集《あつ》まってきた。

「正確《せいかく》に秒数《びょうすう》をはかるために、携帯電話《けいたいでんわ》のストップウオッチ機能《きのう》を使《つか》いますね。ひなちゃん、お願《ねが》いしてもいいかしら？」

私《わたし》は、すぐ携帯電話《けいたいでんわ》を取《と》りだすと、いつでもスタートできるように待《ま》ちかまえた。

「では、私《わたし》にみえないようにカードを二十枚選《まいえら》んで、計算《けいさん》してください。」

「いいけど、暗算《あんざん》はめんどうだから、携帯電話《けいたいでんわ》の電卓《でんたく》を使《つか》うよ。」

「どうぞ。」

慎重《しんちょう》にカードを選《えら》んだ中学生《ちゅうがくせい》が、テーブルの下《した》にカードをかくしながら計算《けいさん》をはじめる。

で、答《こた》えがでるまでには、電卓《でんたく》を使《つか》っても一分以上《ぷんいじょう》かかったの。

「ひなちゃん。私《わたし》がカードのたばを受《う》けとった瞬間《しゅんかん》、ストップウオッチをスタートさせてね。」

「うん。」

いよいよ運命《うんめい》のゲームがはじまる。私《わたし》は、ゴクリとつばをのみこんだ。

「じゃあ、いくわよ。」

月乃《つきの》ちゃんは、カードのたばを手《て》にした直後《ちょくご》、まったく予想外《よそうがい》の行動《こうどう》をとった。

な、なんと、カードをまったくみずに、こう答《こた》えたのよ！

「答《こた》えは、２１４４ですね。」

「ブーッ。はずれだよ。」

中学生《ちゅうがくせい》は勝《か》ちほこったように笑《わら》う。

あー。やっぱり月乃《つきの》ちゃんは、勘《かん》で勝負《しょうぶ》したのか。

でも、そんなんじゃ、このゲームには勝《か》てっこなかったんだよ……。

「そうですか……。正解《せいかい》は、いくつでしたか？」

「2867さ。」

「ひなちゃん、止《と》めて！」

突然《とつぜん》、月乃《つきの》ちゃんがさけんだ。

私《わたし》は、あわててストップウオッチを止《と》める。

「何秒《なんびょう》だった？」

「え……。えーと、六・七三秒《びょう》だけど……。」

「七秒以内《びょういない》に二十枚《まい》のカードのナンバーを足《た》した数《かず》がわかりましたから、私《わたし》の勝《か》ちですね。」

「あ！」

ここにきて、ようやく私《わたし》は、月乃《つきの》ちゃんのしかけたトリックに気《き》がついた。

月乃《つきの》ちゃんは、最初《さいしょ》から計算《けいさん》をする気《き》なんてなくて、中学生《ちゅうがくせい》から、うまく答《こた》えを引《ひ》きだすことしか考《かんが》えてなかったのよ。

それだって、「七秒以内《びょういない》に二十枚《まい》のカードのナンバーを足《た》した数《かず》がわかる。」って条件《じょうけん》をクリアしたことには変《か》わりないわ。

「く、くそー。だましやがったな。」

ワナにはめられたことを知《し》った中学生《ちゅうがくせい》は、怖《こわ》い顔《かお》で月乃《つきの》ちゃんをにらむ。

だけど、まわりにいた人《ひと》たちが、口《くち》をそろえて、「おまえの負《ま》けだぜ。」とか、「カードを置《お》いて、とっとと帰《かえ》れ。」とか応援《おうえん》してくれたから、それ以上《いじょう》、なにもできなかった。

しぶしぶ彼《かれ》は、「惑星《わくせい》ポラン」と「ツイン・ブースターR2《アールツー》」をテーブルに置《お》くと、「覚《おぼ》えてろよ。」という捨《す》てゼリフを残《のこ》して、どこかへ去《さ》っていっちゃった。

カードをだまし取《と》るなんて悪《わる》いことをしていたから、だれも味方《みかた》をしてくれないのよ。

まさに自業自得《じごうじとく》だわ。


「宵宮《よみや》さんが、朝丘《あさおか》さんに、『多《おお》くの人《ひと》の注目《ちゅうもく》を集《あつ》めてほしいの。』っていったのは、みんなに味《み》方《かた》をしてもらうためだったのか。」

あざやかにカードを取《と》り返《かえ》した私《わたし》たち三人《にん》は、ファストフード店《てん》で勝利《しょうり》の美《び》ジュースに酔《よ》っていた。

植村《うえむら》さんなんて、この前《まえ》、塾《じゅく》で会《あ》ったときとは別人《べつじん》のようにテンションが高《たか》い。やたらと声《こえ》が大《おお》きくなってるしさ。

「もうひとつ、コンゲームのトリックを弘《ひろ》めたかったという理由《りゆう》もあるんです。」

「トリックを弘《ひろ》めるって……、あー、そうか。わかったわ！」

私《わたし》は、植村《うえむら》さんに負《ま》けないくらい大《おお》きな声《こえ》でさけぶ。

「月乃《つきの》ちゃんが考《かんが》えたゲームをあの中学生《ちゅうがくせい》が利用《りよう》して、ほかの人《ひと》をだまさないために、でしょ。みんなに知《し》れわたれば、この手《て》は二度《にど》と使《つか》えないもん。」

「なるほどね。宵宮《よみや》さんは、そこまで考《かんが》えて計画《けいかく》を立《た》てたのか。さすがだよ。私《わたし》も、みならわないと。」

「あはは。植村《うえむら》さんは、そればっかだなあ。」

でも、植村《うえむら》さんのいうとおり、月乃《つきの》ちゃんって単《たん》に頭《あたま》がいいだけじゃなくて、ほんと、いろんなことに気《き》がつくんだよね。

そして、必《かなら》ず正《ただ》しい人《ひと》の味方《みかた》をしてくれる。

だから、私《わたし》はなにがあっても、全面的《ぜんめんてき》に信頼《しんらい》できるんだ。

エピローグ

「むむむむむ。」

私《わたし》の話《はなし》をきいた村崎《むらさき》さんは、脂汗《あぶらあせ》をたらしながら、ずっとうなってたけど、結局《けっきょく》、月乃《つきの》ちゃんがかかわった五つの謎《なぞ》を、一問《もん》も解《と》くことができなかった。

あれだけえらそうにしてたくせに、ほんと、口《くち》ほどにもない人《ひと》ね。

「君《きみ》の話《はなし》がへたすぎたのが問題《もんだい》だね。もし私《わたし》が、その場《ば》にいたら、かんたんに謎《なぞ》を解《と》いていただろう。」

開《ひら》きなおった村崎《むらさき》さんは、キザったらしく人《ひと》さし指《ゆび》を私《わたし》に向《む》かってつきだす。

「手品《てじな》なら、私《わたし》はもっとすごいトリックを知《し》ってるし、相手《あいて》をワナにはめるのだって、もっとあざやかにやってみせるさ。な、松川《まつかわ》。」

「え？　はあ、まあ……。」

いきなり同意《どうい》を求《もと》められた健《けん》ちゃんは、こまった様子《ようす》で頭《あたま》をかいた。

それにしても、自分《じぶん》が答《こた》えられなかったのを私《わたし》のせいにして、しかも、月乃《つきの》ちゃんの実力《じつりょく》を認《みと》めようとしないなんて、どこまでひきょうな人《ひと》なんだろう。

私《わたし》がひとこと文句《もんく》をいってやろうと、口《くち》を開《ひら》きかけたとき、公園《こうえん》の門《もん》のところに月乃《つきの》ちゃんの姿《すがた》がみえた。

あー、ようやく主役《しゅやく》の登場《とうじょう》だ。

ほんものの名探偵《めいたんてい》の実力《じつりょく》をまのあたりにすれば、さすがの村崎《むらさき》さんも降参《こうさん》するでしょう。

「おそくなって、ごめんなさい。」

「き、君《きみ》が、いまの話《はなし》にでてきた女《おんな》の子《こ》か！」

村崎《むらさき》さんは、月乃《つきの》ちゃんの顔《かお》をみたとたん、怪鳥《かいちょう》のようななき声《ごえ》をあげる。

「うーむ。松川《まつかわ》のいとこに毛《け》のはえた程度《ていど》だろうと思《おも》っていたが、どうやら人種《じんしゅ》がちがうようだな。」

ムカつくけど、めんどうだから、つっこむのはやめます……。

怒《いか》りをのみこんだ私《わたし》は、事情《じじょう》をのみこめていない月乃《つき の》ちゃんに、これまでのことをざっと説明《せつめい》しながら、村崎《むらさき》さんの書《か》いたミステリーを渡《わた》した。

「えっと、これ、ドジョウミステリーとかっていうらしいよ。」

「ちがう！　倒叙《とうじょ》ミステリーだ。」

村崎《むらさき》さんが、怖《こわ》い顔《かお》で私《わたし》をにらむ。

んもお。ちょっとまちがえただけじゃない。

「私《わたし》の書《か》いたミステリーのトリックがわかったら、君《きみ》の勝《か》ちということにしてあげよう。」

やたらとえらそうな村崎《むらさき》さん。さっき話《はな》した月乃《つきの》ちゃんの事件簿《じけんぼ》のことは、勝手《かって》に無効《むこう》にしちゃってるし……。

ま、でも、いいわ。月乃《つきの》ちゃんに謎《なぞ》を解《と》いてもらって、村崎《むらさき》さんにはさっさと退場《たいじょう》してもらいましょう。

とはいうものの、村崎《むらさき》さんの書《か》いたミステリーは、なかなか難易度《なんいど》が高《たか》そうだ。

「この池端《いけはた》っていう看護師《かんごし》さん、被害者《ひがいしゃ》のいた３０４号室《ごうしつ》に、だれにもみられずしのびこんで、しかも、犯行直後《はんこうちょくご》に女子《じょし》トイレにいたのよね。そんなこと、ありえなくない？　３０４号室《ごうしつ》から女子《じょし》トイレまでは、談話室《だんわしつ》やナースセンターの前《まえ》をとおらなくちゃいけないんだよ。」

私《わたし》は、小説《しょうせつ》を読《よ》みおえたばかりの月乃《つきの》ちゃんに、早口《はやくち》で疑問《ぎもん》をぶつけた。

すると、月乃《つきの》ちゃんは、意外《いがい》なことを口《くち》にしたの。

「あら、ひなちゃん。池端《いけはた》さんが犯行《はんこう》のあと、女子《じょし》トイレにいたなんて、ひとことも書《か》かれていないわよ。」

「イヤだなあ、月乃《つきの》ちゃん。ちゃんと書《か》いてあるじゃん。ほら。」

犯行《はんこう》の直後《ちょくご》、私《わたし》は、トイレで同僚《どうりょう》の看護師《かんごし》とこんな会話《かいわ》をしていたのです。


「よく読《よ》んで。ここには、トイレとしか書《か》かれていないでしょう。」

「へ？　もしかすると、ちがう階《かい》のトイレなの？」

「そうじゃないわ。べつの階《かい》からおりたり、のぼったりすることはできないと、はっきり断《ことわ》ってあるもの。」

うーん。だけど、平面図《へいめんず》をみると、三階《がい》にはほかにトイレなんてないしなあ。

「この小説《しょうせつ》は、読者《どくしゃ》に、ある錯覚《さっかく》を起《お》こさせるよう、仕組《しく》まれているの。」

月乃《つきの》ちゃんがそういうと、村崎《むらさき》さんと、たぶん答《こた》えを知《し》ってる健《けん》ちゃんが、そろってギョッとしたような表情《ひょうじょう》になる。

「錯覚《さっかく》？」

「ええ。『看護師《かんごし》という職業《しょくぎょう》』『私《わたし》という一人称《いちにんしょう》』『です・ます調《ちょう》の文体《ぶんたい》』『結婚《けっこん》をして名字《みょうじ》が変《か》わったこと』『運動神経《うんどうしんけい》がにぶいこと』『薬物注射《やくぶつちゅうしゃ》による殺害《さつがい》』。これらをさりげなく並《なら》べられると、よほど警戒《けいかい》して読《よ》まないかぎり、読者《どくしゃ》は、池端《いけはた》さんが女性《じょせい》だと思《おも》いこんでしまうんじゃないかしら？」

「えっ……、池端《いけはた》さんは女《おんな》の人《ひと》じゃないわけ？」

「この小説《しょうせつ》のなかに、女性《じょせい》と特定《とくてい》できるような記述《きじゅつ》はいっさいないわ。」

いわれてみると、そのとおりだ。

看護師《かんごし》は女性《じょせい》だけの職業《しょくぎょう》じゃないし、自分《じぶん》のことを「私《わたし》」っていう男性《だんせい》も、結婚《けっこん》して姓《せい》が変《か》わる男性《だんせい》だっているもんなあ。男《おとこ》の人《ひと》が「私《わたし》のパパ」っていうのは、ちょっと気持《きも》ち悪《わる》いけど、絶《ぜっ》対《たい》にありえないとはいえないしね。

「もちろん、男性《だんせい》とも書《か》いていないけど、池端《いけはた》さんが犯行直後《はんこうちょくご》、男子《だんし》トイレにいたと考《かんが》えれば、答《こた》えはグッと近《ちか》づいてくるわ。」

「たしかに、男子《だんし》トイレなら３０４号室《ごうしつ》に近《ちか》いから、トイレの窓《まど》からひさしにおりて、そこを伝《つた》って304号室《ごうしつ》に侵入《しんにゅう》することができそうね。」

「ええ。ひさしの上《うえ》を長《なが》い距離《きょり》歩《ある》くのは無理《むり》ということだけど、これくらい近《ちか》ければ運動神経《うんどうしんけい》がにぶくても、十分渡《じゅうぶんわた》りきれるもの。」

月乃《つきの》ちゃんの推理《すいり》は、今日《きょう》も完璧《かんぺき》だ。

今度《こんど》こそ村崎《むらさき》さんも負《ま》けを認《みと》めるかと思《おも》ったら……。

「あーっ！　しまったあ！」

「村崎先輩《むらさきせんぱい》。どうしたんですか？」

健《けん》ちゃんが心配《しんぱい》そうにたずねると、村崎《むらさき》さんは額《ひたい》に手《て》のひらを押《お》しあて、うめくように話《はな》しはじめる。

「うっかりしていたが、このミステリーは、私《わたし》の作品《さくひん》のなかでもっとも難易度《なんいど》の低《ひく》いものなんだ。」

「へ？」

「つまり、答《こた》えがわかって当然《とうぜん》なんだよ。いやー、すまん、すまん。まちがって、こんなものをもってきてしまった。というわけで、今回《こんかい》の勝負《しょうぶ》は無効《むこう》ということでいいかな？」

負《ま》けず嫌《ぎら》いっていうか、おとなげないっていうか……。

そんなみえみえのいいわけは、人《ひと》のいい健《けん》ちゃんにだって通用《つうよう》しないわよ。

「私《わたし》は、べつにかまいませんけど……。」

あんまりにもバカバカしくて、月乃《つきの》ちゃんは噴《ふ》きだしちゃってる。

まあ、もともと村崎《むらさき》さんと競《きそ》いあうつもりなんかないしね。

「それじゃ、私《わたし》たち、いそがしいから、これで失礼《しつれい》します。健《けん》ちゃん、またねー。」

私《わたし》は、月乃《つきの》ちゃんの手《て》を取《と》って、急《いそ》いで公園《こうえん》から逃《に》げだした。

だって、これ以上《いじょう》、村崎《むらさき》さんといっしょにいたら、怒《いか》りの鉄拳《てっけん》が炸裂《さくれつ》しちゃいそうだったんだもん。


「それにしても、月乃《つきの》ちゃんは大変《たいへん》だよねー。ああいう変《へん》な人《ひと》が挑戦《ちょうせん》してきたりして、めんどくさいでしょ？」

商店街《しょうてんがい》を歩《ある》きながら、私《わたし》は月乃《つきの》ちゃんにたずねた。

私《わたし》は、まだお昼《ひる》ごはんを食《た》べてなかったから、これから月乃《つきの》ちゃんにつきあってもらってケーキを食《た》べにいくことになったの。

「私《わたし》は、全然苦《ぜんぜんく》にならないけど、ひなちゃんにめいわくをかけてしまうわね。」

「ううん。私《わたし》は、頭《あたま》を使《つか》わないから平気《へいき》。っていうか、月乃《つきの》ちゃんの推理《すいり》を楽《たの》しんじゃってるもん。」

「あら。それじゃ、ふたりとも、こまってないんじゃない。」

「ははは。それもそうだね。」

月乃《つきの》ちゃんと友《とも》だちになってから、身近《みぢか》に転《ころ》がっている「謎《なぞ》」をほうっておけなくなっちゃったのは事実《じじつ》なのよね。

私《わたし》、推理《すいり》はできないけど、不思議《ふしぎ》なできごとの理由《りゆう》や、かくされた真実《しんじつ》が明《あき》らかになると、頭《あたま》のなかがスカッとする。

その気持《きも》ちよさを知《し》っちゃったせいか、いままでならスルーしていたことがやけに気《き》になったり、いろんなことに興味《きょうみ》をもつようになってきたりしてるの。

そして、新《あたら》しい知識《ちしき》が増《ふ》えるたびに、ちょっとずつ成長《せいちょう》しているような気《き》がするんだ。

え？　もちろん、学校《がっこう》の成績《せいせき》もアップしてるんだろう、ですって？

悪《わる》いけど、それは、きかないでくれるかなあ。

（おわり）

あとがき

みなさん、こんにちは。関田涙《せきたなみだ》です。

「今日《きょう》はね、私《わたし》が問題《もんだい》を考《かんが》えてきたんだ。」

ぼくの顔《かお》をみるなり、日向《ひなた》がかみつくような勢《いきお》いで、せまってきました。

そして、ぼくと月乃《つきの》の返事《へんじ》も待《ま》たず、一枚《まい》の紙《かみ》をつきつけます。

「これは、マジカルストーンに関係《かんけい》のあるパズルなの。作者《さくしゃ》なんだから、絶対解《ぜったいと》いてよね。」

「え？　う、うん。わかったよ。」

「じゃ、いくわよ。左《ひだり》の図《ず》の①のように進《すす》むと、きたない道《みち》でした。では、右《みぎ》の図《ず》の『？』のところには、なにがあるでしょうか？」

日向《ひなた》が考《かんが》えた問題《もんだい》なんて、かんたんに解《と》けるだろう、とバカにしていたぼくは、グッとつまってしまいました。

左《ひだり》と右《みぎ》の図《ず》は、よく似《に》たルートですが、進《すす》む方向《ほうこう》は逆《ぎゃく》です。

左《ひだり》がきたない道《みち》ということは、その逆《ぎゃく》だから、右《みぎ》はきれいな道《みち》なのでしょうか？

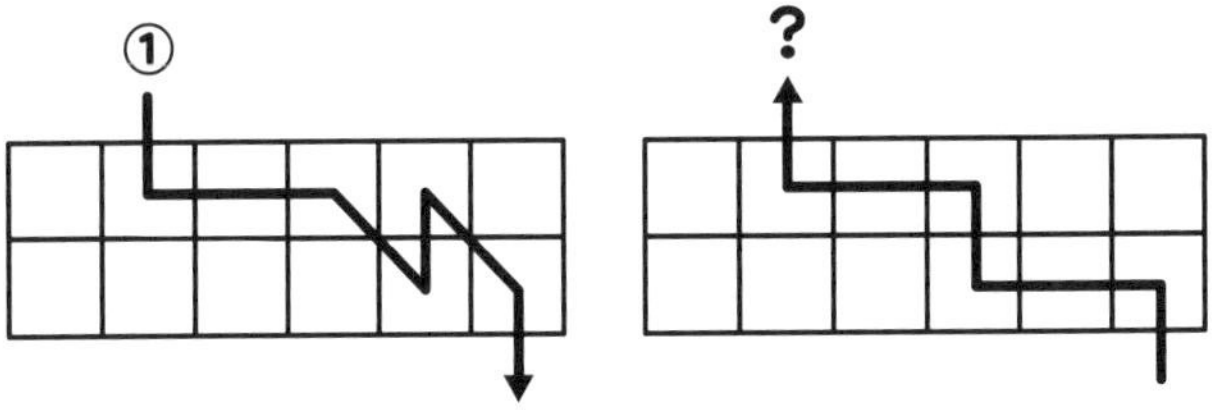

「あ。私《わたし》は、わかったわ。」

「ほんと？」

「ええ。水《みず》に関係《かんけい》するものよね。」

「さっすが、月乃《つきの》ちゃん。」

月乃《つきの》は、早《はや》くも謎《なぞ》を解《と》いてしまったようです。

「ちょ、ちょっと待《ま》ってくれよ。月乃《つきの》を基準《きじゅん》にされてもこまるってば。ふつうの人《ひと》は、この図《ず》だけで答《こた》えなんてだせないよ。」

あせったぼくが泣《な》きつくと、日向《ひなた》はニヤッとしながら、こういいました。

「いいわ。それじゃ、次《つぎ》のページを開《ひら》いてみて。そこにヒントが載《の》ってるから。」

「へ？　それって、どういう意味《いみ》？」

よくわかりませんが、日向《ひなた》の言葉《ことば》を信《しん》じるしかありません。

さあ、謎《なぞ》が解《と》けなかったかたは、ぼくといっしょにページをめくってみましょう。

＊著者紹介

関田《せきた》　涙《なみだ》

1967年，神奈川県生まれ。2003年『蜜の森の凍える女神』でデビュー。

青い鳥文庫には「マジカルストーンを探せ！」シリーズ，『名探偵　宵宮月乃　5つの事件』がある。

＊画家紹介

間宮彩智《まみやさいち》

おひつじ座のAB型。イラストレーター。現在，雑誌のイラストや書籍のカバー，挿絵などで活躍中。公式ホームページは，http://homepage3.nifty.com/aicenx/index.htm

講談社　青い鳥文庫　　261-7

名探偵《めいたんてい》 宵《よ》宮《みや》月《つき》乃《の》 5つの謎《なぞ》

関田《せきた》　涙《なみだ》

2009年8月10日　第1刷発行

（定価はカバーに表示してあります。）

発行者　鈴木　哲

発行所　株式会社講談社

東京都文京区音羽2-12-21　郵便番号112-8001

電話　出版部（03）5395-3536

販売部（03）5395-3625

業務部（03）5395-3615

N.D.C.913　222p　18cm

装　丁　久住和代

印　刷　図書印刷株式会社

製　本　図書印刷株式会社

本文データ制作　講談社プリプレス管理部

Printed in Japan

ISBN978-4-06-285111-4

（落丁本・乱丁本は，購入書店名を明記のうえ，講談社業務部
あてにお送りください。送料小社負担にておとりかえします。）

■この本についてのお問い合わせは，講談社児童局
「青い鳥文庫」係にご連絡ください。

「講談社《こうだんしゃ》　青《あお》い鳥《とり》文庫《ぶんこ》」刊行《かんこう》のことば

太陽《たいよう》と水《みず》と土《つち》のめぐみをうけて、葉《は》をしげらせ、花《はな》をさかせ、実《み》をむすんでいる森《もり》。小《こ》鳥《とり》や、けものや、こん虫《ちゅう》たちが、春《はる》・夏《なつ》・秋《あき》・冬《ふゆ》の生活《せいかつ》のリズムに合《あ》わせてくらしている森《もり》。森《もり》には、かぎりない自然《しぜん》の力《ちから》と、いのちのかがやきがあります。

本《ほん》の世界《せかい》も森《もり》と同《おな》じです。そこには、人間《にんげん》の理想《りそう》や知恵《ちえ》、夢《ゆめ》や楽《たの》しさがいっぱいつまっています。

本《ほん》の森《もり》をおとずれると、チルチルとミチルが「青《あお》い鳥《とり》」を追《お》い求《もと》めた旅《たび》で、さまざまな体験《たいけん》を得《え》たように、みなさんも思《おも》いがけないすばらしい世界《せかい》にめぐりあえて、心《こころ》をゆたかにするにちがいありません。

「講談社《こうだんしゃ》　青《あお》い鳥《とり》文庫《ぶんこ》」は、七十年《ねん》の歴史《れきし》を持《も》つ講談社《こうだんしゃ》が、一人《ひとり》でも多《おお》くの人《ひと》のために、すぐれた作品《さくひん》をよりすぐり、安《やす》い定価《ていか》でおおくりする本《ほん》の森《もり》です。その一さつ一さつが、みなさんにとって、青《あお》い鳥《とり》であることをいのって出版《しゅっぱん》していきます。この森《もり》が美《うつく》しいみどりの葉《は》をしげらせ、あざやかな花《はな》を開《ひら》き、明日《あす》をになうみなさんの心《こころ》のふるさととして、大《おお》きく育《そだ》つよう、応援《おうえん》を願《ねが》っています。

昭和《しょうわ》五十五年《ねん》十一月《がつ》

講談社